AF558439

PETRA SCHWARZKOPF

DETEKTEI ANTON

4

Der Fall Werner

Petra Schwarzkopf
Detektei Anton – Der Fall Werner

Best.-Nr. 271796
ISBN 978-3-86353-796-8
Christliche Verlagsgesellschaft Dillenburg

1. Auflage

www.cv-dillenburg.de

Satz und Umschlaggestaltung:
Christliche Verlagsgesellschaft Dillenburg
Bildquellen: © Saskia Klingelhöfer (Covermotiv)
© freepik.com (Holzschild, Bilderrahmen, Kalender, Foto),
freepik/macrovector (Fingerabdruck, Kopf, Tasche, zerrissenes Papier),
freepik/rawpixel.com (Pfeil), freepik/Harryarts (Uhr, Vögel),
freepik/rocketpixel (Linien), freepik/kstudio (Schleife)
Johanna Fleischer (Innenstadtplan Hamburg)

Druck: GGP Media GmbH, Pößneck
Printed in Germany

Wenn Sie Rechtschreib- oder Zeichensetzungsfehler entdeckt haben,
können Sie uns gerne kontaktieren: info@cv-dillenburg.de

INHALT

… ist der Onkel von Silas und Rahel und speziell begabt. Er hat ein partiell fotografisches Gedächtnis, kennt sich mit Pflanzen und Pilzen aus und ist brutal ehrlich. Außerdem besitzt Anton einen Schwerbehindertenausweis, aber eigentlich ist er nur schwer in Ordnung.

Alter:
Das kommt darauf an:
40 Jahre von außen, 8 Jahre von innen

Haarfarbe:
schwarz

Beruf:
Gärtnergehilfe bei den Caritas-Werkstätten

Hobbys:
Borussia Dortmund, Holz hacken, sägen und verkaufen und sein Mini-Auto, den Ellenator, fahren

Beste Freunde:
Hund Caruso und ein paar Kumpels aus der Werkstatt

… ist die kleine Schwester von Silas und hat einen feinen Sinn für Details. Obwohl sie ihre Umwelt besonders aufmerksam wahrnimmt, bekommt sie vom Unterricht in der Schule manchmal nichts mit. Sie fürchtet sich vor Langeweile und möchte niemals so verrückt werden wie die anderen Mitglieder ihrer Familie.

Alter:
13 Jahre

Haarfarbe:
braun

Berufswunsch:
Polizistin

Hobbys:
Kunst- und Turmspringen, Schwimmen, Nervenkitzel

Beste Freundin:
Sophia Mombauer

… ist der große Bruder von Rahel und nur etwas zu klein für sein Gewicht. Er hat Angst, dass er für immer ein paar Zentimeter kleiner bleibt als seine Schwester. Seine Haarfarbe nennt er erdbeerblond, und er trägt seine Sommersprossen mit Stolz.

Alter:
14 Jahre

Haarfarbe:
blond mit rötlichem Schimmer

Berufswunsch:
Dolmetscher oder Krankenpfleger, Rahel behauptet: Pastor oder Lehrer

Hobbys:
Fremdsprachen, Erste Hilfe, Fast Food und möglichst wenig Sport, außerdem Klarinette spielen

Bester Freund:
Ronny Till

… ist der Freund und Klassenkamerad von Silas. Er lebt allein mit seiner Mutter, trägt seine Haare lang und hat eine feste Zahnspange. Ronny ernährt sich gerne von Fast Food und liebt T-Shirts mit coolen Sprüchen. Er versucht ständig, Geld zu verdienen, vielleicht, weil er nicht gerade viel davon hat.

Alter:
15 Jahre

Haarfarbe:
schwarz

Berufswunsch:
reicher Informatiker

Hobbys:
Computer und Sport

Bester Freund:
Silas Schmickler

… ist die beste Freundin von Rahel Schmickler, aber im Gegensatz zu ihr schafft sie es, auch im größten Dreck immer sauber zu bleiben. Sophia nennt ihre Mutter *Maman,* denn sie stammt aus Burundi, und da spricht man offiziell Französisch.

Alter:
14 Jahre

Haarfarbe:
so dunkelbraun, dass man es für schwarz halten könnte, wenn man kein Friseur ist

Berufswunsch:
keine Ahnung, aber auf keinen Fall Chemikerin!

Hobbys:
Zeit mit den anderen Detektiven verbringen, Ballett, afrikanisch kochen und bunte Kleider nähen

Beste Freundin:
Rahel Schmickler

… ist Onkel Antons Riesenschnauzer und kann wunderschön jaulen, wenn er jemanden singen hört. Leider klingt er nicht ganz so gut wie sein Namensvetter, der italienische Tenor Enrico Caruso (der ziemlich genau vor 100 Jahren starb).

Alter:
4 Jahre

Fellfarbe:
schwarz

Beruf:
Schutz- und Führhund, Suchtmittel-spürhund

Hobbys:
nach Fressbarem suchen, im Wald herumstromern und Fangen spielen

Beste Freunde:
Onkel Anton und Opa Peter

Lieblingsfeinde:
Katzen, egal, welche

INNENSTADTPLAN HAMBURG

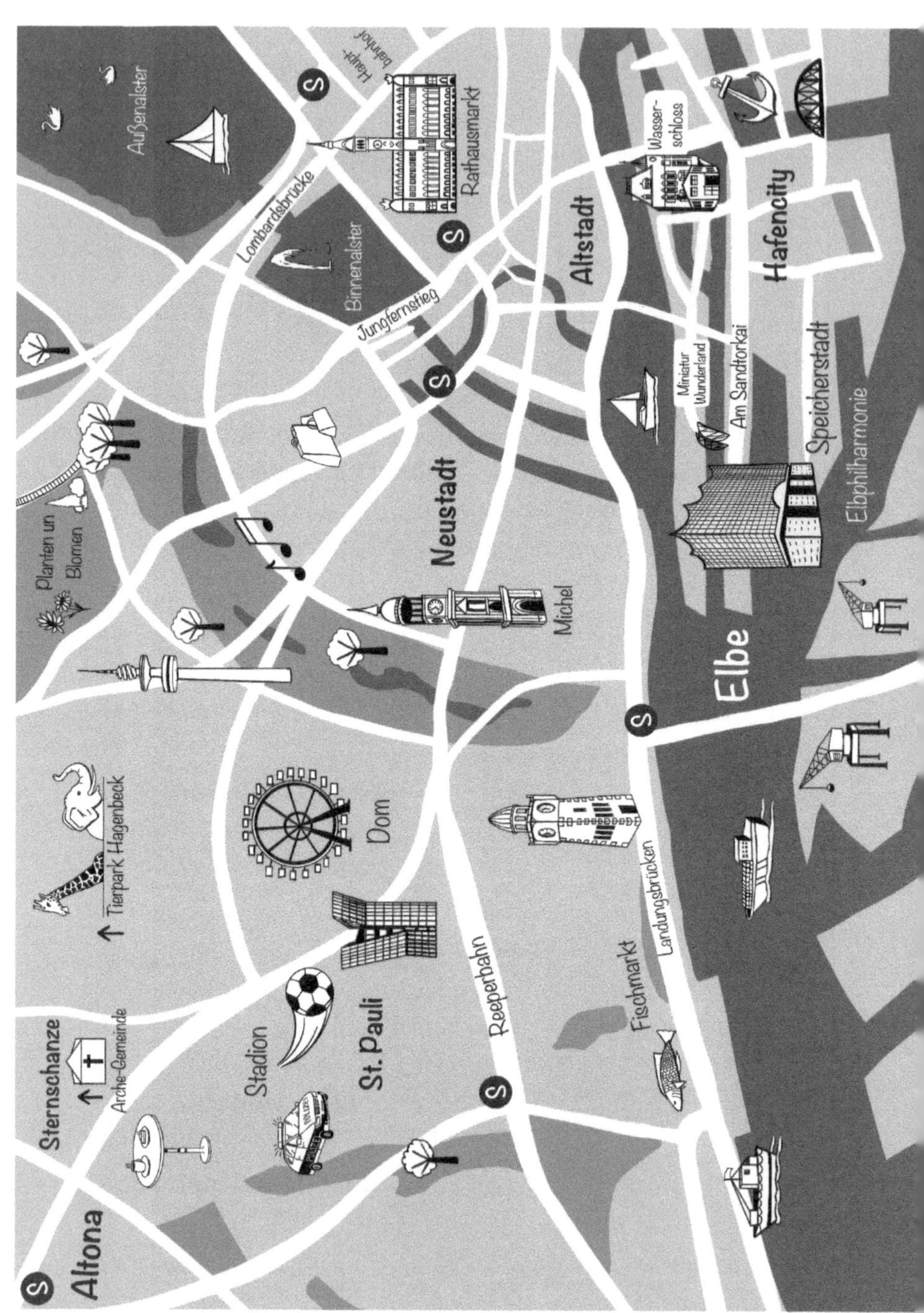

ENDLICH FERIEN!

„Endlich Herbstferien!“, seufzte Silas und ließ sich auf eins der grauen Polster des alten Caritas-Busses fallen, der der Detektei seit einigen Monaten als Zentrale diente. Seine Schwester Rahel saß bereits und hielt den DIN-A4-Ordner mit der Fallsammlung auf dem Schoß. Onkel Anton, Papas Bruder, war gerade dabei, seinen Hund Caruso mit der Langlaufleine an eine der Tannen zu binden, unter denen der Bus dauerhaft parkte. Der schwarze Riesenschnauzer hatte einen langen Spaziergang durch den Familienwald der Schmicklers hinter sich und keine Lust mehr, den Eichhörnchen hinterherzujagen. Selbst zum Herumschnüffeln war er zu müde. Faul legte er sich genau neben einen riesigen Ameisenhaufen.

„Ich dachte, du liebst die Schule“, sagte Rahel.

Silas schloss grunzend die Augen und schmiss sich der Länge nach auf die Sitzbank. Er verschränkte die Hände hinter dem Kopf.

„Ich liebe es zu lernen, Schwesterchen, das ist ein Unterschied, denn dazu bräuchte ich nicht unbedingt eine Schule.“ Er gähnte herzhaft. „Das frühe Aufstehen, die Fahrradtour zur Schule bei Wind und Wetter und die unnötigen Hausaufgaben in den uninteressanten Fächern ... "

„Wie Sport?!"

„... darauf kann ich gerne ein paar Wochen verzichten", schloss Silas den Satz noch ab, ohne auf Rahel einzugehen. „Hausaufgaben in Sport! Das wäre ja noch schöner", murmelte er dann.

In diesem Moment klopfte es an eine der vielen Glasscheiben des roten Busses.

„Hi, ihr beiden!", rief es von draußen, und eine Dreizehnjährige mit sehr dunkelbraunen Locken schaute in den Bus. Sofort saß Silas kerzengerade.

„Hi, Sophia!", begrüßte er das Mädchen.

Sophia grinste ihn mit ihren strahlend weißen Zähnen an. Ihre dunklen Augen glänzten. Silas sprang auf, um die Schiebetür zu öffnen. Rahels Freundin ging um den Bus herum, wartete aber auf Onkel Anton, ehe sie zu den Geschwistern stieg.

„I... Ich ... f... fahr nach Ha... Hamburg!", stotterte Anton aufgeregt, noch bevor er sich hinsetzte.

Seine Nichte verdrehte die Augen. Sie wusste nicht mehr, wie oft sie das in den letzten Tagen schon gehört hatte. Doch für ihre Freundin war die Nachricht neu.

„Ach?", fragte Sophia freundlich nach. „Und was machst du da?"

„D... Dortmund spielt gegen Ha... Hamburg. D... Das mach ich da. Rahels Mama k... kommt auch mit", erzählte der kräftige Mann bereitwillig.

Rahels Mama war natürlich auch Silas' Mama, aber Onkel Anton interessierte sich nicht so sehr für männliche Verwandte, ausgenommen für seinen eigenen Vater, Opa Peter. Warum, wusste niemand so genau; es gehörte einfach zu ihm, wie auch sein phänomenales Bildgedächtnis und seine Liebe zu Pflanzen und zu Caruso. Vielleicht lag es daran, dass er im Herzen immer ein Kind geblieben war, obwohl er den Körper eines Vierzigjährigen hatte.

„Seit wann interessiert sich eure Mutter für Fußball?“, fragte Sophia jetzt Rahel.

„Tut sie nicht“, antwortete Silas. „Sie hat dort eine Freundin, mit der sie studiert hat. Die beiden geben ein paar Konzerte zusammen.“

„Oh, sie singt dort!“, stellte Sophia fest.

„I... Ich sing d... da auch“, teilte Onkel Anton bereitwillig mit, „a... aber die Dortmund-Fans kriegen kein Geld dafür!“

Silas ließ vor Lachen beinahe die Limonadenflaschen fallen, die er in der Hand trug. Er hatte sie gerade erst von der Ladefläche des Busses geholt und stellte sie jetzt vorsichtig auf den kleinen Tisch zwischen den Bänken, den Opa ihnen eingebaut hatte. Onkel Antons Humor war einfach unbezahlbar.

„J... Ja! Stimmt doch! D... Die Fans singen auf der Tribüne!“, bekräftigte Anton.

„Du singst nicht, du grölst“, stellte Rahel klar.

„Joah. A... Aber das kann ich gut“, gab Onkel Anton zu. „W... Wir haben die letzten Karten erwischt, h... haste gehört, Rahel?!“, fragte er dann. „D... Die letzten Karten!“

„Klar doch“, machte Rahel, obwohl sie in Gedanken schon ganz woanders war. „Silas und ich fahren morgen mit dem Zug nach Dortmund. Wir besuchen alte Freunde.“

„Ich weiß. Habt ihr schon gepackt?“, wollte Sophia wissen.

„Dafür reichen mir exakt fünf Minuten“, sagte Silas überzeugt.

In diesem Punkt unterschied er sich nicht von anderen Vierzehnjährigen. Jedenfalls nicht von den männlichen Vertretern dieser Altersklasse. Rahel grinste. Sie wusste nur zu gut, was bei Silas’ Packkünsten alles auf der Strecke blieb, aber ausnahmsweise verriet sie es nicht. *Freundlich bleiben!*, ermahnte sie sich selbst in Gedanken. Bis jetzt lief es gut mit ihrem guten Vorsatz.

„Und du?“, fragte sie, „Was machst du, Sophia?“

„Ich fahre nach Ludwigshafen. Weil ich nicht zur Schule muss, will Mama gerne für die Zeit in unserem alten Zuhause wohnen. Das war klar. Aber da ich da nicht wirklich jemanden kenne, wird das schön langweilig ohne euch.“ Sophia hob bedauernd die Hände. „Da kann ich nur hoffen, dass die Schule bald wieder anfängt ...!“

„Bloß nicht!“, rief Rahel entsetzt.

„... und wir einen neuen Fall lösen können“, beendete Sophia den Satz lachend.

„Das schon eher!“, gab Rahel ihr recht. Sie klopfte auf den Ordner auf ihrem Schoß. „Apropos Fall! Wir sind im Fall Werner noch keinen Schritt weiter.“

Silas verzog den Mund.

„Rahel, wie oft soll ich das noch sagen? Du siehst Gespenster. Werner ist echt in Ordnung, da gibt es keinen Fall zu lösen.“

„Ach ja?! Und wie erklärst du dir sein riesiges Tattoo auf der linken Schulter und am linken Arm?“, fragte seine Schwester.

Sie hatte mittlerweile eine Skizze von dem angefertigt, was sie durch Zufall auf der Haut des Pastors gesehen hatte. Sophia hatte ihr dabei geholfen; sie war besser in Kunst. Aber das Blatt mit der Zeichnung war immer noch das Einzige, was Rahel zu diesem Fall abgeheftet hatte.

„Ein Tattoo ist nicht strafbar“, warf Sophia ein.

„G... Genau! D... Der Reus ist auch tätowiert“, ergänzte Onkel Anton. „Hier ... und hier und hier.“ Er fuhr mit dem ausgestreckten Zeigefinger auf seinen Armen und dem Oberkörper herum. „Ü... Überall! M... Marco Reus heißt der.“

„Ja, Anton, aber der versteckt sein Tattoo auch nicht“, sagte seine Nichte ungeduldig.

„N... Nee! D... Der is stolz da drauf!“

„Siehste!“

„Ü... Überall!“, wiederholte Onkel Anton jetzt leise für sich selbst.

„Meine Güte, Rahel, vielleicht hat er das von früher, als er noch kein Pastor war“, sagte Silas und warf noch einmal einen genauen Blick auf die Zeichnung. „Zugegeben, das Ding ist echt nicht so schön. Aber vielleicht möchte Werner nur den kleinen Kindern keine Angst machen oder einfach mit gutem Beispiel vorangehen, und deswegen trägt er es nicht offen“, meinte er und sah jetzt zu Caruso. Der Riesenschnauzer war aufgesprungen und schüttelte sich, um die Ameisen loszuwerden, die sich über ihn hergemacht hatten. Dann schnappte er sich gelassen noch ein paar einzelne Krabbeltiere aus dem Fell, ließ sich mit einem lauten Seufzen abseits der Ameisenstraße nieder und legte den Kopf auf die Pfoten. Silas schmunzelte. „Ein Tattoo kann man schließlich nicht so einfach abschütteln, wenn man es nicht mehr haben will.“

„Ach ja? Und was ist mit den anderen Indizien?“, fragte Rahel gereizt.

Das Schmunzeln verschwand.

„Was für Indizien?“

Rahel hob ihre Hand und zählte mit den Fingern mit.

„Erstens kann er mega gut mit einem Dietrich oder Pick-Set umgehen und damit Schlösser knacken.“

„Genau wie du. Mache ich deswegen gleich einen Fall aus dir?!“

Rahel ließ sich bei ihrer Aufzählung der verdächtigen Tatsachen nicht stören.

„Zweitens hat er Angst vor Motorrädern.“

Sophia nickte. Sie war auf dem Gemeindeausflug dabei gewesen, als Werner sich so vor den Bikern erschrocken hatte.

„Drittens hat er zwar selber keins, kann sie aber sehr gut reparieren."

„Na und, dann ist er früher vielleicht mal eins gefahren", wehrte Silas ab, der sich noch sehr gut an die Frau erinnerte, der das schwere Motorrad umgekippt war. Werner hatte ihr ziemlich fachmännisch mit dem kaputten Bowdenzug geholfen. Rahel machte unbeirrt weiter.

„Viertens hat er keine Angehörigen. Niemand besucht ihn hier, wir wissen nicht mal, wo er eigentlich herkommt."

„Hast du ihn mal gefragt?"

„Fünftens reagiert er manchmal einfach komisch."

Silas lachte laut auf.

„Na super, das tust du auch! Wenn das schon verdächtig ist ..."

Seine Schwester guckte wütend. Sie war nahe daran, den guten Vorsatz mit der Freundlichkeit zu vergessen. Sophia saß hilflos zwischen den beiden. Sie war Einzelkind und hatte keine Ahnung von Geschwisterliebe.

„R... Ronny is da!", meinte Onkel Anton.

Tatsächlich stellte Ronny Till, das fünfte Mitglied der Detektei, gerade sein Fahrrad draußen ab. Mit ein paar langen Schritten war der große Junge an der offenen Bustür. Er hievte den Gurt seiner Notebook-Tasche über den Kopf.

„Hi!", begrüßte er seine Freunde. „Was macht ihr denn für Gesichter? Ferienstimmung sieht irgendwie anders aus."

„Hi, ich dachte, du wärst schon in Dresden", antwortete Silas.

„Nein, mein Vater hat es sich anders überlegt. Er ist diesmal hier vorbeigekommen."

„Hast du deshalb den Spruch auf dem T-Shirt?", fragte Rahel.

Sie war immer noch wütend, dass ihr Bruder sie nicht ernst nahm. Die beiden anderen blickten zu Ronny. *You are like a cloud. If you disappear, it's a beautiful day!*, lasen sie auf dem Shirt. Sophia sah Rahel stirnrunzelnd an. *Du bist wie eine Wolke. Wenn du dich verziehst, ist es ein herrlicher Tag!?* Das war nicht nett, Ronny so auf das schwierige Verhältnis zu seinem Vater hinzuweisen!

„Vielleicht", antwortete Ronny betont gleichgültig. „Jedenfalls wollte ich euch noch etwas erzählen, bevor ihr morgen nach Dortmund abhaut."

Rahel biss sich auf die Zunge. Schnell senkte sie den Kopf und starrte auf ihren Ordner. Wie dumm! Es war gar nicht so einfach, freundlich zu bleiben, wenn man genervt oder wütend war.

„I... Ich f... fahre nach Hamburg!", brachte sich Anton in Erinnerung.

„Ja, cool!", meinte Ronny. „Bundesliga, hm?"

„J... Ja! Ha... Hamburg g... gegen Dortmund", stellte der Vierzigjährige klar.

„Ach ja, sicher. Na, dann viel Spaß!"

„Jo!", sagte Anton und rieb sich die Hände. „‚Drei zu eins' sage ich!"

„Aber mindestens!", wünschte Ronny. Dann fing er plötzlich an zu stammeln: „Äh ... also, Leute, ich ... also, ich, ich muss euch etwas sagen. Über Werner."

„Nur immer heraus damit", forderte Rahel und sah von ihrem Ordner auf.

Silas zog misstrauisch die Augenbrauen zusammen. Ronny zögerte und sah seinen Freund unsicher an. Was er zu sagen hatte, würde ihm nicht gefallen, so viel war sicher. Dann richtete der große, schlaksige Junge seinen Blick fest auf Rahel.

„Folgendes: Werner ..."

„Ja?“ Rahel witterte die Sensation. „Spuck es schon aus: Was ist mit Werner?!“

Ronny holte tief Luft und brachte es hinter sich.

„Er ist ein Mörder!“

Silas riss die Augen auf und starrte ihn an, als habe er gesagt, dass er morgen zum Mond fliegen würde. Sophia klappte die Kinnlade herunter, aber außer einem verblüfften „Hä?!“ kam nichts aus ihrem Mund.

„M... Mörder kommen ins Gefängnis“, stellte Onkel Anton fest.

Er blätterte in einer Traktorzeitschrift und hatte nicht mitbekommen, dass es um Werner ging.

Rahels Herz klopfte schneller. Forschend sah sie Ronny ins Gesicht. Für einen Scherz sah er definitiv zu ernst aus. Das war kein Witz!

„Ich sag doch, da stimmt was nicht!“, wiederholte sie langsam und triumphierend. Ihre Augen funkelten. „Wie bist du darauf gekommen?“

„So ein Quatsch!“, protestierte Silas lahm. „Sind hier eigentlich alle verrückt geworden?!“

„Ich nicht“, behauptete Onkel Anton und blätterte seelenruhig weiter in seinem Magazin mit den vielen Bildern.

„Zumindest hat er wahrscheinlich mitgeholfen, jemanden umzubringen“, stellte Ronny leise klar.

„Wahrscheinlich?! Sag mal ... “, brauste Silas auf, doch sein Freund unterbrach ihn.

„Silas, hör zu, es tut mir wirklich leid. Ich weiß, du magst Werner, aber ich habe da gestern etwas gesehen, das hat mich echt umgehauen. Warte doch, bis ich es euch gezeigt habe, okay?“

„Okay“, gab Silas kopfschüttelnd nach und versuchte, sich zu beruhigen.

„Danke.“

Ronny nahm sein Notebook aus der Umhängetasche und stellte es auf den Tisch.

„Im Fernsehen gibt's doch immer diese Polizei-Sendung, wo die Zuschauer aufgefordert werden, bei der Aufklärung mitzuhelfen", sagte er.

„A... *Aktenzeichen XY*", rief Anton und legte das Traktorheft zur Seite.

„Ja, genau, Anton, und da habe ich gestern in der Mediathek gestöbert. In der letzten Sendung von Donnerstag war ein Fall, den müsst ihr euch unbedingt ansehen! Ich habe den Film zu Hause runtergeladen."

„Geht das so einfach?", wollte Silas wissen.

„Soo einfach geht das nicht, aber mit MediathekView ist es kein Problem."

„*Aktenzeichen XY?!* Seit wann guckst du denn so was?!", fragte Rahel ihren Onkel.

„P... Papa guckt das. U... Und *Großstadtrevier*. Sch... Schon immer."

Nachdem Ronny das Notebook gestartet hatte, klickte er auf den Film. In einem schmucklosen Fernsehstudio sah man einen ernsten Moderator. Er trug einen dunklen Anzug und hielt ein paar große Karteikarten in der Hand.

„D... Den k... kenn ich!", sagte Onkel Anton aufgeregt.

Ronny hielt den Film an.

„D... Der is von *Aktion Mensch!*"

„Jaaha, Anton", sagte Rahel. „Schön! Du guckst ganz schön viel Fernsehen."

„N... Nur manchmal", protestierte Anton.

„Lass weiterlaufen, Ronny!", forderte Rahel.

Silas' Freund startete den Film erneut. Sie hörten die Stimme des Journalisten. Er sprach ruhig und freundlich.

„Wir gehen nach Hamburg. Dort muss sich, nach erfolgreicher Revision der Staatsanwaltschaft beim BGH, das

Landgericht der Hansestadt erneut mit einem Mord im Rockermilieu befassen."

Der Moderator sah direkt in die Kamera. Seine Augen blickten noch ernster.

„B... B... GH?", fragte Onkel Anton. „I... Ich kenn nur BVB!"

„Pscht!", machte Silas leise. „Das ist eins der wichtigsten Gerichte."

„D... Der BVB is mir auch wichtig!", protestierte Anton.

„Ruhe, Anton!", sagte Rahel laut. Ihr Onkel verstummte und griff wieder nach der Traktorzeitschrift.

„In dieser Woche beginnt das zweite Verfahren der Großen Strafkammer gegen den berüchtigten Motorradclub SoS. Die drei Buchstaben sind die Abkürzung für *Sons of Sin,* auf Deutsch: Söhne der Sünde", sagte der Moderator.

Das hässliche Logo der Vereinigung erschien kurz. Es zeigte einen Totenkopf. Wie ein düsteres Orakel trug er in Schwarz die drei Buchstaben SoS auf seiner kahlen Stirn geschrieben. Schnell hielt Ronny den Film an. Silas musste sich schütteln.

„Das klingt nicht gut", meinte er.

„Nee, die sind auch nicht gut. Warte, ich überspringe mal die Anmoderation. Das meiste von dem Fall weiß ich noch und kann es kurz zusammenfassen", sagte Ronny und spulte den Film vor. „Also, es geht um eine Rockergang aus Hamburg. Die fahren mit so schwarzen Totenkopf-Lederkutten auf Motorrädern rum."

Sophia verzog angewidert den Mund, aber Rahel beugte sich interessiert vor.

„Ihr Geld verdienen sie sich durch Straftaten. Es gibt eine richtige Hierarchie mit Chef und Untergebenen. Du kannst in dem Laden Karriere machen, so wie bei der Mafia", erklärte Silas' Freund den anderen.

„Die gehören also zur Organisierten Kriminalität?", fragte Rahel.

„Ja, genau, so nennt man das. Die haben ihre Finger fast überall drin. Drogen- und Waffenhandel, Einbrüche, Partybars, Tattoostudios, Glücksspiel, Menschenhandel und Sicherheitsgewerbe."

„Tattoostudios", murmelte Rahel und schielte auf ihren Ordner.

„Sicherheitsgewerbe?!", fragte Sophia.

„Ja, die bieten Wach- und Schutzdienste an", erklärte Silas den Begriff widerwillig. „Also, die Mafia. Allerdings nehmen sie das Geld nur von den Leuten, um sie vor sich selbst zu beschützen. Ziemlich fies und gemein."

„Hä?!", machte Sophia.

„Na ja, sie beschützen nicht wirklich jemanden, sondern lassen sich dafür bezahlen, dass sie selbst den Leuten nichts tun. Wenn du zum Beispiel ein Restaurant in dieser Gegend hast, dann tauchen die bei dir auf und verlangen Geld dafür, dass sie dir nicht die Tische und Stühle kaputt machen oder dich verprügeln."

„Das ist ja furchtbar!"

„Aber woher weiß man das?", hakte Rahel nach. „Ich meine, wo und wie die überall ihr Geld verdienen?"

„Gute Frage", sagte Ronny. „Genau darum geht es gleich in dem Bericht. Vor fast acht Jahren gab es nämlich einen spektakulären Mord in Hamburg. Zehn Leute von diesen Rockern haben in einem Wettbüro, also, das ist so ein Raum, da kann man Pferde- und Fußballwetten usw. abschließen ..."

„I... Ich wette, dass Dortmund gewinnt. D... Drei zu eins!", rief Anton dazwischen.

„Das wissen wir jetzt langsam", beschwerte sich Rahel.

„Richtig, Anton, so ein Wettbüro war das", sagte Ronny. „Da sind also zehn von denen reinmarschiert und haben einen anderen von ihrer Gang erschossen. Also, einen, der früher mal bei ihnen war. Äh, also, der war mal bei den SoS, den *Sons of Sin,* und ist dann zu einer anderen Rockergang gewechselt."

„Ich hab's kapiert", sagte Silas. „Aber ich verstehe immer noch nicht, was Werner damit zu tun hat."

„Warte, das mit Werner kommt gleich!", fuhr Ronny fort. „Aus Rache oder zur Strafe haben die ihn also erschossen."

„W... Wer hat Werner erschossen?!", fragte Onkel Anton und guckte erschrocken.

„Niemand, Anton! Nicht Werner wurde getötet, sondern ein anderer Typ. Der, der früher bei den *Sons of Sin* war."

„Den k... kenn ich nich."

„Nein", sagte Ronny. „Ich auch nicht."

„Wie furchtbar!", wiederholte Sophia, als hätte sie alle anderen Wörter der deutschen Sprache vergessen.

Sie war blass geworden. Ronny nickte.

„Ja. Echt krass! Am helllichten Tag. Dabei saß der da einfach nur in diesem Wettbüro und hat Karten gespielt."

Silas schüttelte den Kopf.

„D... Das d... darf man nicht!", protestierte Onkel Anton. „D... Da... dann kommt die Polizei! Der Dirk Matthies kommt dann!"

Ronny runzelte die Stirn.

„Dirk Matthies, wer ist das?"

„D... der arbeitet in Hamburg", erklärte Anton bereitwillig. „Beim *Großstadtrevier.*"

„Ach, Anton!", sagte Rahel. „*Großstadtrevier* ist Opas Lieblingsfernsehserie", erklärte sie Ronny. „Weil da wenigstens ab und zu mal der ganz normale Alltag eines Schutzpolizisten mit den tausend Kleinigkeiten und langweiligen Bürgeranfragen gezeigt wird. Aber das sind nur Schauspieler, Anton!"

„N... Nein! D... Der is kein Schauspieler, der is Polizist", regte sich ihr Onkel auf.

„Schon gut", beruhigte Sophia ihn. Rahel seufzte.

„Weiter, Ronny", verlangte sie.

„Dieser Mord passierte wie gesagt vor ein paar Jahren. Die Polizei hat auch fast alle von denen gekriegt. Acht Rocker wurden wegen Mordes verurteilt, obwohl nur einer von ihnen geschossen hatte."

„Das sind dann Mittäter", warf Silas ein, was er von seinem Papa gelernt hatte. „Die Strafe ist genauso hoch, wie wenn sie selbst geschossen hätten."

„Danke für die Erklärung", sagte Rahel und klopfte sich innerlich dafür auf die Schulter, dass sie es geschafft hatte, das Wörtchen „unnötig" wegzulassen.

„Dreihundert Verhandlungstage hat der Prozess am Landgericht Hamburg gedauert, das zog sich über fünf Jahre oder so", fuhr Ronny fort.

„Und was ist mit den anderen beiden?", fragte Rahel neugierig. „Mit den Nummern neun und zehn?"

„Ja doch! Das wollte ich gerade sagen: Der Neunte hat wohl ein schlechtes Gewissen bekommen und gleich am Anfang gegen seine Komplizen ausgesagt. Nur dadurch konnten sie überführt und verurteilt werden. Nummer Neun wusste so viele Details, weil er schon bei der Planung der Tat dabei gewesen war. Dazu hat er auch noch viele andere Sachen verraten, sodass die Polizei eine ganze Menge über die *Sons of Sin* erfahren hat und ihnen das Handwerk legen konnte, zumindest in Hamburg."

„Dann sind die jetzt bestimmt nicht mehr gut auf ihn zu sprechen", vermutete Silas.

„Nein, ganz und gar nicht. Sie betrachten ihn als Verräter. Aber Nummer Zehn ist immer noch auf der Flucht, und darum geht es gleich. Passt gut auf!", befahl Ronny und startete den Film zum dritten Mal.

„Bei dem nun eröffneten zweiten Verfahren wird am Freitag im Rahmen der Beweisaufnahme der Kronzeuge Axel

Assenmacher noch einmal vernommen. Voraussichtlich wird er seine ehemaligen Komplizen erneut schwer belasten", sagte der Moderator.

„Assenmacher, das ist der mit dem schlechten Gewissen", erklärte Ronny leise.

„Der Verräter", meinte Rahel.

„N... Nummer Neun!", sagte Anton.

„Wow! Genau, Anton!", lobte Sophia, und Rahels Onkel grinste verlegen. „D... Dirk Matthies heißt der", raunte er Rahels Freundin zu. „Der ... der is Polizist in Hamburg." Sophia nickte freundlich. Mittlerweile erschien der ehemalige Rocker, die Nummer Neun, auf dem Bildschirm: ein Mann im mittleren Alter mit vollem, dunklem Haar und Vollbart. Der wichtige Zeuge war nur halb zu sehen und wirkte füllig. Er hatte sogar richtig dicke Backen. Seine Augen guckten durch extrem starke Brillengläser und wirkten dadurch sehr klein.

„Hm, einen Rocker habe ich mir irgendwie anders vorgestellt", meinte Silas. „Der sieht gar nicht so gefährlich aus."

„D... Den kenn ich!", behauptete Onkel Anton schon wieder und etwas übereifrig.

Ronny hielt den Film ein drittes Mal an.

„Woher?", fragte er überrascht, denn dieser Typ war ganz bestimmt kein Werbeträger für die *Aktion Mensch*. „Warst du schon öfter in Hamburg?"

Onkel Anton fletschte die Zähne.

„N... Nee!", machte er verlegen. „A... Aber morgen fahre ich da hin. Z... Zum ‚Drei zu Eins'."

„Woher willst du den Typen denn dann kennen?", fragte Rahel ungeduldig und zeigte auf den Computer.

Manchmal konnte ihr Onkel ziemlich nerven. Anton zog die Schultern hoch.

„W... Weiß ich doch nich, ich kenn den halt."

Seine Nichte hielt ihr Gesicht ganz nah an den Bildschirm. Außer den stahlblauen Augen fiel ihr nur ein Muttermal auf. Es saß auf dem linken Wangenknochen.

„Also, ich kenne den nicht", sagte Rahel überzeugt, lehnte sich wieder zurück und verschränkte die Arme über der Brust. „Weiter!", befahl sie.

Man sah wieder das Gesicht des Moderators.

„Der Zeuge wird unter höchsten Sicherheitsvorkehrungen vernommen", erklärte er den Zuschauern. „Wie schon vor sieben Jahren wird er mit einer schusssicheren Weste in einem Kasten aus Panzerglas sitzen, da die Strafverfolgungsbehörden um sein Leben fürchten. Damals, während des ersten Prozesses am Landgericht, wusste nicht einmal sein Anwalt, in welchem Gefängnis er einsaß, so weit gingen die Sicherheitsmaßnahmen. Seine eigene Haftstrafe hat er mittlerweile verbüßt – er wurde wegen guter Führung vorzeitig entlassen –, aber die Rockergang nennt ihn natürlich einen Verräter und hat ihm mit Vergeltung gedroht." Der Journalist guckte betroffen. „Und sie haben noch mindestens ein Ass im Ärmel, denn dieser Mann hier befindet sich immer noch auf der Flucht." Der Moderator verschwand und ein neues Bild erschien. Diesmal war es eine Zeichnung, ein sogenanntes Phantombild. Das Gesicht des Gesuchten wies keine besonderen Kennzeichen auf. Er hatte eine Glatze, braune Augen und einen Schnäuzer. „Der Flüchtige ist etwa fünfzig Jahre alt und einen Meter und achtzig groß. Er wird von Zeugen als sportlich beschrieben. Seine Komplizen nannten ihn Bernie."

Eine gewisse Ähnlichkeit zum Pastor der SEGE ließ sich nicht leugnen. Rahel sah Ronny verblüfft an. Der nickte.

„Ja, ich habe auch gedacht, dass er Werner ähnlich sieht", sagte Ronny.

„Na und?", meinte Silas. „Es gibt viele Menschen, die sich ähnlich sehen."

Nun sah man wieder den Moderator. Er hielt immer noch die Karteikarten in der Hand.

„Sein wirklicher Name ist nicht bekannt", sagte der Journalist. „Aber es gibt eine Besonderheit, die ihn vielleicht identifizieren könnte. Und hier, liebe Zuschauer, bittet die Kriminalpolizei Hamburg um Ihre Mithilfe. Der Inhaber des Wettbüros, in dem das Opfer Ali Z. damals getötet wurde, berichtet von einer auffälligen Tätowierung, die er bei dem noch flüchtigen Täter gesehen hat. Er trug bei der Tat ein ärmelloses Shirt." Eine weitere Zeichnung wurde eingeblendet. Rahel riss die Augen auf. Auch Silas und Sophia schnappten nach Luft. Nur Onkel Anton blieb gelassen. „Es handelt sich um ..."

Ronny stoppte den Film ein weiteres Mal.

„Werners Tattoo!", rief Rahel und schlug sofort den Ordner auf, der immer noch auf ihrem Schoß lag. Sie kramte die Zeichnung hervor und hielt sie aufgeregt neben den kleinen Bildschirm.

„Das gibt es doch nicht!", entfuhr es Silas, denn das Tattoo von Werner sah dem, das der flüchtige Mörder trug, verblüffend ähnlich.

Der Totenkopf, aus dessen Auge eine dunkelgrüne Schlange gekrochen kam, saß ebenfalls auf der linken Schulter. Hier, im Fernsehen, erkannte man das Reptil deutlich, da kurz vor dem Handgelenk des Tätowierten der typische Kopf mit einer züngelnden, geschlitzten Zunge und den Giftzähnen zu sehen war. Werner dagegen hatte genau an dieser Stelle einen Verband getragen. Also konnten die Detektive sich nicht hundertprozentig sicher sein, dass der schuppige Wurm, der sich um den Arm des Pastors wand, tatsächlich auch eine Schlange war.

„Vielleicht ist das gar nicht so selten", schlug Sophia vor.

Sie weigerte sich zu glauben, dass ein so netter Pastor in Wahrheit ein Mörder auf der Flucht war. Warum sollte so jemand auch ausgerechnet als Pastor arbeiten? Oder war das einfach die perfekte Tarnung?

„Ich weiß nicht", sagte Ronny. „Ist schon ziemlich auffällig."

Er beendete den Film endgültig mit einem Klick.

„Jedenfalls gebt ihr mir jetzt recht, dass wir Werner unbedingt im Auge behalten müssen, oder?"

Triumphierend sah Rahel ihren Bruder an.

„Wenn du dann glücklich bist", gab Silas nach. Er selbst schaute ziemlich unglücklich drein. „Das ist doch alles irgendwie verrückt", murmelte er. Im Gegensatz zu ihrer Freundin schien Rahel den Schmerz in seinem Gesicht nicht wahrzunehmen, oder er ließ sie kalt. Eifrig wandte sie sich an Ronny und Sophia.

„Da wir ja ab morgen in Dortmund sind, müsst ihr Werner diese Woche beobachten und Freitag zum Teenkreis gehen. Was auch immer er am Handgelenk hatte, es dürfte längst verheilt sein. Vielleicht könnt ihr einen Blick darauf werfen."

„So weit habe ich auch schon gedacht, Sherlock", sagte Ronny.

„Also, ich bin in Ludwigshafen!" Bedauernd hob Sophia die Hände und sah fragend zu Ronny.

„Äh, genau ... ich bin hier. Deshalb habe ich, bevor ich hierherkam, in der SEGE angerufen und mit der Sekretärin gesprochen."

Er klappte sein Notebook zu.

„Ja ... und?!", fragte Rahel. „Was hat Gabrielle gesagt?"

Ronny grinste breit und entblößte seine Brackets.

„Der Teenkreis fällt diese Woche aus. Werner verreist nämlich am Mittwoch zu einer Pastorenkonferenz nach ..."

Absichtlich machte er eine Pause. Silas' Schwester sprang auf.

„Mann, Ronny, jetzt spuck's schon aus! Wohin verreist Werner?"

„Das habe ich die Sekretärin auch gefragt."

„Und? Hat sie dir geantwortet?!"

„Ja, weil sie schon mehrmals etwas über mich in der Zeitung gelesen hat und weiß, dass wir befreun..."

„Ronny!!!"

„Bleib locker, Rahel! Sie musste selbst erst nachfragen. Ich habe gehört, wie sie nach eurem Pastor gerufen und ihn gefragt hat: Werner, wo ist die Pastorenkonferenz noch mal?"

Erneut stoppte Ronny, immer noch grinsend.

„Echt jetzt, Ronny? Wir hatten alle Zeit genug, deine feste Zahnspange zu betrachten. Prima! Sie ist eins a gepflegt!", sagte Rahel und sah aus, als wollte sie Silas' Freund jeden Moment an den Hals springen. Den großen Jungen störte die Stichelei nicht. Er hatte richtig Spaß und genoss es, sie zappeln zu lassen.

„Naaaaach ... Hambuuuurg!", sagte er dann endlich wie der Ansager eines Kirmeskarussells.

AUF NACH HAMBURG!

„Beruhigen Sie sich! Ja, Sie haben einen Fehler gemacht, aber Fehler passieren nun mal. Wir werden ihn so schnell wie möglich ausbügeln. Dafür sind wir schließlich da."

Die Männerstimme am anderen Ende der Telefonleitung sprach deutlich und langsam. Werner Schrober, der Pastor der Selbstständigen Evangelischen Gemeinde Eifel, atmete tief ein und aus und strich sich mit der linken Hand über die Glatze. Sie zitterte, als er sie zurück in die Hosentasche steckte. Seine rechte Hand presste den Hörer ans Ohr.

„Wie konnte ich nur so dumm sein! Ich weiß selber nicht, warum ich ‚Hamburg' gesagt habe!", machte er sich selbst Vorwürfe. Aber er klang jetzt ruhiger. „Wahrscheinlich, weil ich gerade von dieser Konferenz gelesen hatte. Ich hielt den Flyer noch in der Hand, als Frau de Monnet mich rief."

„Wie gesagt, wir kümmern uns darum. Sie können unbesorgt sein! Alles ist optimal vorbereitet. Es ist normal, dass Sie nervös sind, aber wir blasen die Aktion jetzt auf keinen Fall ab. Es ist nur ein Jugendlicher. Wir sind schon mit größeren Schwierigkeiten fertiggeworden, erinnern Sie sich?"

Werner seufzte und schloss die Augen. Er nickte, obwohl sein Gegenüber das nicht sehen konnte, und holte noch einmal tief Luft.

„Ja“, sagte er dann. „Ja, Sie haben recht. Der Junge ist erst fünfzehn. Vielen Dank.“

„Wir holen Sie Mittwoch früh um fünf Uhr ab. Behalten Sie die Nerven. Gehen Sie rechtzeitig ins Bett und ruhen Sie sich aus.“

„Ja, vielen Dank! Das werde ich tun. Gute Nacht“, sagte der Pastor, obwohl es noch heller Tag war.

„Gute Nacht.“

Werner lauschte auf das leise Klacken, das ihm anzeigte, dass sein Gesprächspartner tatsächlich aufgelegt hatte. Dann legte auch er den Hörer zurück in die Ladestation. „Nur ein Jugendlicher“, wiederholte er leise die Worte. „Ja, das stimmt, aber es handelt sich um einen ziemlich aufgeweckten Jugendlichen mit cleveren Freunden.“ Der Pastor drehte sich um. Er würde heute Nacht kein Auge zu machen.

„Mama!“

Laut brüllend stürzte Rahel ins Haus und sah sich suchend um. Wo steckte ihre Mutter bloß?

„Mama, ich habe es mir anders überlegt! Ich will doch mit nach Hamburg! Wo bist du?“

Ein sommersprossiges Gesicht umrahmt von erdbeerblonden Locken guckte aus der Küchentür. Ihre Mutter zog eine Augenbraue hoch.

„Hast du dein Fahrrad weggestellt, Rahel?“, fragte sie.

„Nein, mache ich gleich! Können Silas und ich mit nach Hamburg? Opa ist bestimmt einverstanden.“

„Erst räumst du dein Fahrrad weg“, bestimmte Mama und wandte sich dem großen Kochtopf zu.

Silas kam durch die Haustür, die seine Schwester offen gelassen hatte. Er hatte den letzten Satz seiner Mutter gehört.

„Meins steht schon im Schuppen", sagte er.

„Streber", zischte Rahel, stürmte an ihrem Bruder vorbei und riss das Rad hoch, das gerade unsanft auf der Erde gelandet war. Sie beeilte sich, es wegzuschieben, schloss aber ordentlich die Holztür, als sie den Schuppen verließ. Mama würde sie sonst garantiert noch einmal nach draußen schicken. Als Rahel zurück in die Küche kam, saß Silas auf der Eckbank. Er hatte Mama bereits geschickt um den Finger gewickelt.

„Wie schön, dass ihr doch noch euer Interesse für Kultur entdeckt habt, Rahel", sagte Frau Schmickler. „Ich freue mich, dass ihr sogar mein letztes Konzert am Samstag anhören wollt."

Aufmerksam sah Mama ihr ins Gesicht.

„Oder gibt es da noch einen anderen Grund, warum ihr mich nach Hamburg begleiten wollt?"

„Na ja", meinte Rahel und bemühte sich, harmlos zu gucken. „Ich würde gerne den Hafen anschauen. Der hat mir in Dortmund doch schon immer so gut gefallen, und die Jugendherberge, in der Opa mit Onkel Anton gebucht hat, liegt direkt da. An den Landungsbrücken mit Panoramablick über den Hafen. Das kostet nur sechsunddreißig Euro pro Nacht", sprudelte Rahel ihr soeben erworbenes Google-Wissen hervor. „Und da gibt es sogar Wasserbusse! Die fahren an Land und im Wasser."

Mama guckte skeptisch.

„Ich weiß nicht, ob man da so kurz vorher noch etwas buchen kann."

„Doch, ich habe schon nachgesehen. Es wären sogar noch zwei Zimmer frei", meinte Silas, „aber wir brauchen ja nur ein weiteres. Ich würde echt gerne den Hamburger Michel sehen."

„Ja, und die Speicherstadt und den Tierpark Hagenbeck ...", zählte Rahel auf.

„... und den Park ‚Planten un Blomen‘!“, sagten beide gleichzeitig.

„Und diesen superteuren Bau, die Elbphilalomie!“, schob Rahel hinterher.

„Elbphilharmonie heißt das“, korrigierte Silas leise.

„Sag ich doch“, raunte Rahel.

„Soso“, sagte Mama und rührte weiter in der Suppe. Offenbar waren sich ihre Kinder ausnahmsweise einig und hatten sich informiert. „Dann müssten wir aber mit zwei Autos fahren, bei so viel Gepäck.“

Sie hatte bei diesem Programm ausnahmsweise viele Requisiten und Kostüme dabei, anders als wenn sie in Kirchen auftrat.

„Hm, meinst du, Opa fährt selbst?“, fragte Silas.

„Opa wollte sowieso fahren. Ich hätte auf dem Beifahrersitz gesessen. Meine Freundin aus Hamburg hat auch ein Auto vor Ort. Wir wollten ihrs benutzen und Opa seins. Obwohl man in Hamburg auch mit den öffentlichen Verkehrsmitteln überall hinkommt.“

Mama legte den Kochlöffel zur Seite und hielt die Hände unter den Wasserhahn.

„Ich spreche mit Opa und Papa“, sagte sie.

„Mit Papa?!“, fragte Rahel überrascht.

„Ja, mit Papa!“, wiederholte Mama energisch und trocknete sich die Hände ab. „Er soll ruhig wissen, dass es in dieser Familie Menschen gibt, die sich für meine Kunst interessieren!“

Erschrocken sahen sich die Geschwister an. Was sollte das denn heißen?! War da etwa dicke Luft zwischen Mama und Papa?

„Entschuldigung“, sagte Mama sofort. „Das war dumm von mir. Vergesst das bitte. Ich bin nur enttäuscht, weil Papa keine Zeit hat.“

Hannah Schmickler hielt immer noch das Handtuch in den Händen, obwohl die längst trocken waren.

„Wollte er nicht mit nach Hamburg?“, fragte Silas leise.

„Ursprünglich schon. Aber jetzt sind dringende berufliche Angelegenheiten dazwischengekommen.“

Rahel nickte. *Wieder einmal!,* dachte sie. Mamas Augen sahen traurig aus, obwohl sie sich bemühte zu lächeln.

„Eigentlich finde ich eure Idee gut. Wir wollten euch sowieso für eure Unterstützung bei der Renovierung mit etwas überraschen. Warum soll es nicht ein Kurzurlaub in Hamburg als Belohnung sein?“

Jetzt hängte sie endlich das Handtuch weg.

„Also, ich frage nach, und falls die beiden Männer einverstanden sind, dann vergesst nicht, euren Freunden in Dortmund rechtzeitig abzusagen. Die werden wahrscheinlich enttäuscht sein.“

„Ja, das stimmt“, sagte Silas. „Am besten rufen wir jetzt gleich an, damit sie sich schon mal darauf einstellen können, dass wir eventuell absagen. Kommst du, Rahel?“

Seine Schwester verstand und folgte ihm in sein Zimmer in die erste Etage. Dort schmiss sie sich auf Silas' Bett.

„Fühl dich nur wie zu Hause“, sagte ihr Bruder.

„Tue ich“, antwortete Rahel. „Jetzt müssen nur noch Sophia und Ronny mit dürfen, dann wäre es perfekt.“

„Sonst hast du keine Wünsche?“

Silas lächelte verschmitzt. Er kannte seine Mutter und wusste nur zu gut, dass sie wahrscheinlich von selbst auf die Idee kam, ihre Freunde gleich mit einzuladen. Vor allem, wenn man sowieso mit zwei Autos in den hohen Norden fuhr.

„Was genau haben wir in Hamburg eigentlich vor?“, fragte er.

„Werner irgendwie im Auge behalten. Das ist alles. Und die Ferien genießen.“

„Wie willst du ihn finden? Hamburg hat zwei Millionen Einwohner."

Silas hatte sein Notebook angeschmissen. Rahel richtete sich auf.

„Gib mal *Pastorenkonferenz Hamburg* ein und das Datum vom Wochenende", forderte sie.

Silas gehorchte.

„Sollen wir nicht lieber Opa Bescheid sagen, bevor wir uns an den Fall machen?", fragte er, bevor er die Entertaste drückte.

„Jetzt noch nicht. Was willst du ihm denn sagen? *Übrigens, Opa, unser Pastor ist ein Mörder und er ist nach Hamburg gefahren, weil er den Hauptzeugen in einem wichtigen Prozess aus dem Weg räumen will?* Werner ist sein Freund! Er lacht uns nur aus."

„Da hast du recht", gab Silas zu. „Und ich würde zu gerne mitlachen. Hoffentlich stellt sich alles nur als Produkt deiner blühenden Fantasie heraus, ein dummer Zufall, mehr nicht."

Er wollte immer noch glauben, dass Werner unschuldig war. Schließlich hatte ein ehemaliger Rocker kaum das Bibelwissen, das Werner besaß, oder?

„Na eben", sagte Rahel, obwohl sie vom Gegenteil überzeugt war, und stand auf. „Hast du da einen Veranstaltungsort gefunden?"

Silas sah auf den Bildschirm und kontrollierte die Vorschläge. Seine Schwester guckte ihm über die Schulter.

„Ja, ich denke, da kommt nur das hier infrage! Die Konferenz in der Arche-Gemeinde."

Er klickte auf das Kästchen mit dem Wort *Route,* das in dem größeren Kasten mit dem Hinweis auf den Wikipedia-Eintrag erschien. Google Maps öffnete sich. Silas tippte die Adresse der Jugendherberge in die erste Zeile.

„Mit der S3 sind es nur sechs Haltestellen plus achthundert Meter zu Fuß. Wir könnten also in einer knappen halben Stunde von der Jugendherberge da sein“, las er vor.

„Warum ausgerechnet die Arche? Was ist das für eine Gemeinde?“

„Eine Freikirche, wie wir.“

Rahel schaute auf den Computer.

„Wie wir?!“, meinte sie skeptisch. „Das Gelände scheint mir viel größer zu sein. Die sind richtig riesig. Weißt du, ob Werner irgendwelche Verbindungen dahin hat?“

Silas schüttelte den Kopf.

„Nein, aber Werner mag die Predigten von John Piper, und der ist der Hauptredner an diesem Wochenende. Das stand gerade schon in der Überschrift. Und andere Pastoren-Konferenzen habe ich an diesem Wochenende nicht gefunden. Jedenfalls nicht in Hamburg.“

„Dann wäre das also tatsächlich ein Ort, an dem wir ihn treffen könnten“, sagte Rahel. Sie fragte sich, woher Silas wusste, welchen Prediger Werner mochte. Sie hatte bisher nicht einmal den Namen dieses Mannes gehört. „Vielleicht hat er tatsächlich vor, dahin zu gehen, damit er seiner Sekretärin oder den anderen etwas zu erzählen hat. Opa hat bestimmt nichts dagegen, wenn wir uns dort umsehen wollen. Eine zweite Möglichkeit ist der Prozess.“

Silas runzelte die Stirn, aber Rahel nickte zufrieden. Dann begann sie, ihre Freundinnen in Dortmund anzuschreiben. Auch Silas zückte sein Handy und war eine Weile beschäftigt. Er hatte gerade alle vorgewarnt, dass es mit dem Besuch möglicherweise nichts werden würde, da klingelte es unten an der Haustür.

„Kann mal bitte einer von euch zur Tür?“, rief Hannah Schmickler ins Treppenhaus.

Sie hängte gerade im Keller die Wäsche auf, und dabei ließ

sie sich ungern stören. Rahel sprintete die Treppe hinunter und riss die Tür auf. Draußen stand Werner.

„Hallo, Rahel!“, grüßte er höflich.

„Äh ... ha... hallo, Werner!“, stotterte Rahel.

Sie wurde rot und blieb in der Tür stehen. Werner guckte sie komisch an.

„Ist alles in Ordnung bei euch?“, fragte er. „Oder soll ich lieber ein andermal wiederkommen?“

„Nein, nein! Alles gut“, wehrte Rahel ab und machte einen Schritt zur Seite. Sie hatte sich gefangen. „Zu wem willst du denn? Opa ist nicht da.“

„Ich wollte zu deinem Vater. Ihn bitten, den Teenkreis für mich zu übernehmen, diese Woche. Ich dachte, das wäre doch besser, als ihn ausfallen zu lassen. Ich weiß, das ist mir etwas spät eingefallen, aber vielleicht klappt es ja noch.“

„Papa ist drüben in seinen Kanzleiräumen“, sagte Rahel und wies auf Opas altes Elternhaus, das genau gegenüber lag. Dann kam ihr eine spontane Idee.

„Aber ...,“, begann sie, als Werner sich schon umgedreht hatte, um Paul Schmickler aufzusuchen.

„Ja?“ Der Pastor wandte sich noch einmal zu Rahel um. „Was denn?“

„Also, es könnte sein, dass wir alle am Freitag sowieso nicht da sind“, meinte sie. „Alle bis auf Samuel, falls der nicht auch wegfährt.“

„Oh“, machte Werner. „Ich dachte, nur ihr zwei seid in Dortmund.“

Rahel nickte.

„Ja, das stimmt. So war es geplant für die erste Ferienwoche, aber wir wollen doch lieber mit Mama, Opa und Anton mitfahren. Und Dorkas besucht ihre Oma.“

Werners braune Augen guckten wachsam. Er schien etwas zu ahnen.

„Soso. Wo geht es denn hin für euch Schmicklers?", fragte er wie beiläufig.

„Nach Hamburg", sagte Rahel schlicht und beobachtete das Gesicht des Pastors sehr genau. „Mama hat da ein paar Konzerte, und Anton guckt HSV gegen seine geliebte Borussia."

Sie grinste freundlich. Werner wurde blass. Er wich Rahels Blick schnell aus und wischte sich über das Gesicht. Dann vergrub er die Hände in den Hosentaschen. „Und die Detektei macht Hamburg unsicher", schob Rahel betont freundlich hinterher. Sie spürte, dass sie auf dem richtigen Weg war.

„Na, das sind ja tolle Ferienpläne. Aber ihr müsst vorsichtig sein, Rahel!", warnte Werner. Seine Stimme zitterte nur ganz leicht. Trotzdem nahm das Mädchen es wahr. „Auch wenn ihr in Dortmund aufgewachsen seid, Hamburg ist eine ganze Ecke größer. Man kann leicht in eine nicht so schöne Gegend oder in unangenehme Gesellschaft geraten."

„Keine Sorge", lachte Rahel. „Ich passe auf meine Handtasche auf!"

Der Pastor schüttelte ernst den Kopf.

„Das habe ich nicht gemeint."

Jetzt klang er ehrlich besorgt, aber vielleicht hatte er auch nur Angst, ihnen dort über den Weg zu laufen?

„Ihr solltet nicht allein unterwegs sein. Besonders nicht in St. Georg oder am Hauptbahnhof oder auf der Reeperbahn."

„Keine Angst, das haben wir gar nicht vor", behauptete Rahel, obwohl sie keine Ahnung hatte, wo diese Orte lagen. Woher wusste Werner das eigentlich? „Außerdem passt Opa schon auf uns auf. Da kommt er übrigens."

Hinter Werner fuhr Peter Schmickler gerade mit seinem Auto auf den Hof. Der Pastor hatte seinen Freund auch bemerkt und wartete darauf, dass er parkte und ausstieg. Opa trug wie meistens Jeans und Holzfällerhemd. Obwohl er auf die siebzig zuging, wirkte er sportlich und fit. Er war genauso groß wie Papa, einen Meter neunzig. Seine Enkelin lächelte ihm zu. Opa lächelte zurück und begrüßte seinen Freund herzlich.

„Was führt dich zu uns?“, fragte er dann und strich sich durch seinen Vollbart.

„Mein Besuch hat sich gerade erledigt“, sagte Werner bedauernd. Seine Stimme klang wieder fest. „Rahel kann dir erzählen, warum. Ich wünsche euch viel Spaß in Hamburg, Pit. Bis nächste Woche dann.“

„Bis nächste Woche, Werner!“

Herr Schmickler sah dem Pastor nach und beobachtete, wie er in sein Auto stieg.

„Komisch, sonst ist Werner gesprächiger!“, sagte er dann zu seiner Enkelin.

STAU

„B... Boah, d... das geht gar nicht voran!", maulte Onkel Anton. „W... Wenn d... das so weitergeht, verpassen wir das Spiel noch."

Sein Vater lachte.

„Keine Sorge, Anton, das Spiel ist erst Freitagabend. Vier Tage werden wir wohl nicht hier auf der Autobahn verbringen. So schlimm ist nicht mal der legendäre Stau vor dem Elbtunnel."

„Oh, Mann, ey!", schimpfte Anton trotzdem.

Silas schaute von seinem Vokabelheft hoch und blickte aus dem Fenster. Er nutzte Wartezeiten gerne für sinnvolle Dinge. Draußen gab es ohnehin nichts Interessantes zu sehen. Es regnete in Strömen, und außer Containern und riesigen Kränen hatte die Umgebung nicht viel zu bieten. Nach einigen Stunden Fahrt war selbst jedes Gespräch mit Opa verstummt.

„Echt öde", sagte Rahel. „Und dann einer neben mir, der sich erst in einem Reiseführer über Hamburg vergräbt und mich jetzt mit so einem altmodischen Vokabelheft langweilt ...", meckerte sie.

„Es ist bewiesen, dass man sich die Wörter besser merken kann, wenn man sie mal mit der Hand geschrieben hat.

Solltest du auch mal probieren", schlug Silas vor und griff wieder nach seinem Reiseführer über Hamburg, den er sich von Papa ausgeliehen hatte.

„Ganz bestimmt nicht", lehnte Rahel ab.

Sie hatte ihre Playlist auf dem Smartphone rauf und runter gehört, genug gedöst und genug über Werner nachgedacht. Ihre Gedanken drehten sich nur noch im Kreis. Jetzt knurrte ihr Magen. Die Snacks für unterwegs waren in Mamas Auto. Sie drehte sich um. Mama war mit ihrem Volvo immer noch hinter ihnen und winkte ihrer Tochter zu. Rahel winkte zurück. Sophia und Ronny saßen hinten auf der Sitzbank. Cool, dass ihre Freunde mit in den Kurzurlaub durften! So war die Detektei komplett. Manchmal war es auch von Vorteil, eine Künstlerin zur Mutter zu haben. Mama war flexibel und gastfreundlich. Auch wenn sie so tat, als tue sie nur sich selbst einen Gefallen, weil sie zwei Leute mehr im Publikum haben wollte – Rahel wusste, dass Mama Freude daran hatte, andern eine Freude zu machen. *Das muss für Ronny ein echter Glückstag sein. Der hat's gut!*, dachte Rahel und drehte sich wieder um. *Er darf neben Sophia sitzen*. Ihre Mutter hatte darauf bestanden, dass Rahel und Silas bei Opa mitfuhren.

„Ich bin lange Autofahrten nicht so gewohnt wie Papa, und ihr macht mich nur verrückt, wenn ihr auf mich einredet und herumzappelt", hatte sie behauptet.

Dabei waren sie doch längst aus dem Kleinkindalter hinaus. Außerdem war es Papa, der sich ständig verfuhr, selbst mit Navi.

„Wie lange dauert das denn noch?", fragte Silas' Schwester.

„R... Rahel m... muss Pipi!", lachte Onkel Anton.

„Quatsch!", wehrte sich Rahel. „Ich hab nur Hunger."

Die Blechlawine setzte sich gemächlich in Bewegung. Opas Auto konnte sogar ein paar Hundert Meter vorwärtskriechen. Mama folgte ihm.

„D... Da ist die Landungsbrücke", sagte Anton, als die Autos wieder stoppten.

„Nein", sagte Opa nach einem Blick nach rechts und auf das Navi, „Das ist die Köhlbrandbrücke. Gleich kommt die Einfahrt zur Tunnelröhre. Rahel, von da sind es keine zehn Kilometer mehr, aber auch die können sich im Feierabendverkehr hinziehen. Das ist in der Großstadt eben so."

Er setzte den Blinker, um anzuzeigen, dass er die Spur wechseln wollte. Seine war zu Ende.

„Außerdem wird es hier zweispurig. Das ist sicherlich auch ein Grund für den Stau."

Silas legte den Reiseführer über Hamburg aus der Hand und widmete sich wieder seinen spanischen Vokabeln. Sein Englisch war schon hervorragend, da reichte es, wenn er sich Videoclips und Filme in dieser Sprache ansah. Opa holte tief Luft.

„Silas, Rahel?", fragte er und guckte suchend in den Rückspiegel.

„Ja?!", sagten beide Enkel gleichzeitig.

Ihr Opa sah ihnen kurz in die Augen, bevor er den Blick wieder vom Spiegel löste und auf die Straße wandte.

„Ich weiß, ich nerve euch, aber habt ihr gerade mitbekommen, was Onkel Anton gesagt hat?"

„Das mit der Brücke?", meinte Rahel.

„D... Das is die Köhlbrandbrücke!", grinste ihr Onkel.

„Genau, Anton! Das hast du dir gut gemerkt", lächelte Opa. „Es gibt nämlich keine Landungsbrücke, Rahel, nur die Landungsbrücken. Das sind neun oder zehn an der Zahl, glaube ich, und sie führen nur hinunter zu den Anlegestellen im Hamburger Hafen. Über die kann man zwar zu Fuß gehen, aber nicht mit einem Auto fahren."

„Ja, ich weiß", sagte Silas. „Sprichwörtlich das Tor zur Welt. Von den St.-Pauli-Landungsbrücken sind die Auswanderer mit den Schnelldampfern nach Amerika und so gestartet. Mega interessant."

„Boah", machte jetzt Rahel.

Nicht Opa, sondern Silas nervte mit seinem Reiseführer-Internet-Wissen.

„Eben", sagte Opa. „Ihr wisst das und könnt euch etwas darunter vorstellen." Er blickte kurz zu seinem Sohn.

„K... Köhlbrandbrücke", murmelte der vor sich hin und starrte aus dem Fenster.

„Aber euer Onkel nicht. Während ihr euch mithilfe von euren Handys und Karten überall zurechtfindet, ist er verloren, wenn er allein in einer fremden Stadt unterwegs ist."

„Ach, das meinst du!", sagte Rahel.

Opa hatte ihnen in der Tat schon mehrmals eingeschärft, dass sie auf Onkel Anton aufpassen sollten, wenn sie mit ihm in Hamburg unterwegs waren. Einer müsse immer darauf achten, dass er nicht den Anschluss an die Gruppe verlor. Er würde sonst den Weg zur Jugendherberge nicht wiederfinden und in Panik geraten. Außerdem war er ein leichtes Opfer für Diebe und andere Bösewichte, da er so leichtgläubig war wie ein Sechsjähriger und sich nicht wehren konnte.

„Das kannst du ruhig noch mal wiederholen. Mich nervt das nicht. Ich kann verstehen, dass du dir Sorgen machst", beruhigte Rahel ihren Großvater.

Herr Schmickler warf einen dankbaren Blick in den Spiegel.

„I... Ich mach mir auch Sorgen", behauptete Anton. „U... Um das Spiel mach ich mir Sorgen."

Opa lachte.

„Das wird schon, Anton", meinte er. „Ist schließlich nur ein Spiel."

„Ja, a... aber ein schönes Spiel."

„Na endlich!", sagte Silas.

Vor ihnen tat sich das blaue Tor zum Elbtunnel auf. Der Himmel war immer noch wolkenverhangen, aber es hatte wenigstens aufgehört zu regnen. Sie fuhren in die mittlere der drei Röhren.

„Ja", meinte Opa, „Jetzt dauert es nicht mehr lange. Wir fahren gleich in Bahrenfeld ab. Da wohnt Hannahs Freundin. Meinen alten Ford lassen wir bei ihr stehen und steigen alle in eure Familienkutsche um. Für die paar Kilometer zur Jugendherberge geht das."

„Gibt's da Abendbrot?", fragte Silas.

„K... Klar!", posaunte Onkel Anton. „D... Das hat Papa mitgebucht!"

„Prima!", sagte Rahel und lehnte sich zurück.

Zwei Stunden später genossen die Geschwister zusammen mit ihren Freunden den Ausblick auf das abendliche Hamburg. Die Betreiber der Jugendherberge hatten nicht zu viel versprochen. Hier auf dem Grillplatz, der früher einmal zu dem Hostel gehört hatte, lag der Hafen zum Greifen nahe. Selbst in der Dämmerung sah man am Horizont noch die mächtigen Kräne des Containerhafens. Zu ihren Füßen glitzerte Elbwasser in der untergehenden Sonne. Die Landungsbrücken luden zum Abendspaziergang ein. Genau genommen waren es neun bewegliche Brücken, die zu sechs fest verankerten Schwimmkörpern, auch Pontons genannt, führten. Sie dienten als Schiffsanleger, waren also quasi ein Schiffsbahnhof.

„Blohm-Voss Dock Elbe 17", las Silas vor und trat an das Metallgeländer. Seine Augen sahen geradeaus über das Wasser und zum Ufer der Elbinsel Steinwerder. „Das ist das größte Trockendock Europas."

„Meine Güte, so nah habe ich mir das gar nicht vorgestellt!", sagte Sophia leise.

Sie war Silas an das Geländer gefolgt, und Ronny, der jetzt als Dritter ankam, stellte sich wie zufällig neben sie. Rahel zwängte sich zwischen ihn und ihre Freundin, obwohl auf der Terrasse mit der gepflasterten Feuerstelle mehr als genug Platz war.

„Hammer!", rief sie.

Man sah ihr an, dass sie am liebsten sofort losgerannt wäre, um diesen Teil des Hafens zu erkunden. Doch die Detektei war nicht ganz vollständig. Onkel Anton packte immer noch seine Fanartikel aus, mit denen er Bett und Nachttisch dekorierte. Er ließ Opa keine Ruhe, ehe nicht auch seine Kutte mit den tausend Aufnähern und die verschieden langen schwarzgelben Schals ordentlich im Schrank hingen beziehungsweise lagen. Er und sein Vater teilten sich mit den Jungs ein Viererzimmer, während Rahel und Sophia zusammen ein Zweierzimmer bewohnten.

„Wie sieht unsere Planung aus?", fragte Silas. „Ich meine, heute Abend ist klar", sagte er nach einem Blick auf seine Schwester.

Sie starrte auf den Pegelturm. Dort konnte man nicht nur den Wasserstand der Elbe, sondern auch die Uhrzeit ablesen. Er beherbergte ein Brauhaus, das täglich von bis zu tausend Gästen überrannt wurde. Auch jetzt herrschte noch reges Treiben. Rahels Augen wanderten nach rechts, und sie zeigte auf das letzte und größte der runden Kuppelgebäude, die weiter westlich lagen.

„Ja, das ist der Eingang zum alten Elbtunnel", antwortete Silas, bevor seine Schwester fragen konnte. „Da sind wir in drei Minuten zu Fuß! Der Tunnel führt unter der Elbe durch zum anderen Ufer."

„Cool!", sagte Rahel und hampelte von einem Bein auf das andere.

„Von wann ist der?", fragte Sophia.

„1911", sagte Silas.

„Krass, was die schon bauen konnten, oder?", meinte Ronny und beugte sich vor, um an Rahel vorbei zu Sophia zu sehen.

„Na ja", sagte das Mädchen und lächelte Ronny an. „Die Pyramiden sind noch viel älter ..."

Der große Junge nickte nur stumm in ihr Gesicht und schluckte. Er hatte plötzlich alles vergessen, was er noch sagen wollte. Rahel drehte sich um. Aber es war immer noch niemand zu sehen.

„Wann kommt Opa denn endlich?!", fragte sie und guckte erneut auf die Pegeluhr.

Ronny räusperte sich, um zu checken, ob seine Stimme funktionierte.

„Dein Opa ist müde, er kommt nicht mit", antwortete er dann. „Wir warten nur auf deinen Onkel. Aber was unsere Planung angeht, hätte ich einen Vorschlag für Mittwoch."

„Dann hau mal raus", sagte Sophia.

Silas lachte, und Rahel sah ihre Freundin verblüfft an.

„Ja", grinste die. „Ich habe mich sprachlich fortgebildet."

Ronny blickte sie noch einmal für einen Moment verstohlen von der Seite an, dann zückte er schnell sein Handy.

„Ich ... äh, ich habe auf der Fahrt ein paar Fakten gecheckt. Das Landgericht, an dem das Verfahren stattfindet, liegt am Sievekingplatz. Egal, ob U-Bahn oder zu Fuß, wir brauchen nur etwa eine Viertelstunde von hier. Ich schicke euch ein paar Infos auf eure Handys."

„Warum für Mittwoch?", fragte Rahel. „Werner fährt erst Mittwoch los. Die Pastorenkonferenz beginnt Freitagmorgen, und auch die Vernehmung des Zeugen ist für Freitag geplant, sagte doch der Typ in der Sendung, oder?"

„Ja, also das OLG bietet einmal im Monat eine Führung an. Immer am letzten Freitag im Monat. Das steht auf deren Homepage. Sie ist kostenlos, die Führung. Da habe ich gedacht, es kann doch nicht schaden, wenn wir uns das Ganze mal vorher angucken, und habe dort angerufen. Wenn Werner irgendetwas mit dem Prozess zu tun hat oder dem Zeugen auflauern will, kreuzt er wahrscheinlich öfter da auf", meinte Ronny.

„Super, Ronny", sagte Sophia. „Denn dann kennen wir das Gebäude schon und den Weg dorthin, bevor es Freitag zu der Aussage kommt."

Ronny errötete vor Freude.

„Gute Idee, Ronny", lobte auch Silas.

„Wieso sagst du jetzt OLG? Ich dachte, der Prozess ist am Landgericht? Oder ist das dasselbe?", fragte Rahel.

„Nein. Das sind verschiedene Gerichte. Aber das liegt da alles nebeneinander. Drei große Gebäude. Das Oberlandesgericht, abgekürzt OLG, das Strafjustizgebäude und das Ziviljustizgebäude, was auch immer das ist", erklärte Ronny. „Aber die Frau, die die Führungen macht, die arbeitet beim OLG, deswegen muss man sich da anmelden."

„Mittwoch ist aber nicht Freitag", sagte Rahel. „Da ist also gar keine Führung. Warum sollen wir dann da hin?"

„Ja, natürlich weiß ich, dass Mittwoch nicht Freitag ist, Sherlock", seufzte Ronny „Aber bei dem Telefonat hat die Beamtin gesagt, dass es auch extra ausgemachte Gruppenführungen an anderen Tagen gibt. Und so eine ist eben am Mittwoch ausgerechnet im Strafjustizgebäude, das uns wegen Werner und dem Kronzeugen am meisten interessiert. Der dürfen wir uns anschließen!"

„Du hast uns also schon angemeldet?", fragte Silas.

Sein Freund nickte.

„Super, Ronny", lobte Sophia zum zweiten Mal.

Rahel fühlte sich übergangen. Aber sie wagte es nicht, etwas gegen Ronnys Vorschlag zu sagen, dafür war er einfach zu gut. Und wenn er erst alle gefragt hätte, wäre die Führung womöglich voll gewesen.

„Wann ist diese Führung?“, fragte sie daher nur.

„Mittwochnachmittag, vierzehn Uhr.“

„Dann haben wir also Dienstag und Mittwochmorgen frei. Oder hast du diese Zeit auch schon verplant, Watson?!“, fragte sie und schaute kampflustig zu Ronny.

Doch bevor der etwas entgegnen konnte, stießen Onkel Anton und Opa Peter zu ihnen.

„I... Ich w... will morgen z... zu Hagenbeck!“, stellte Anton klar, sobald er an das Geländer fasste.

„Oh, schön, in den Zoo, da kommen wir mit“, sagte Silas. „Oder?“

Seine Schwester nickte, und auch Ronny und Sophia waren begeistert. Der Tierpark Hagenbeck war berühmt und sogar der Drehort für eine Tierserie im Fernsehen.

„Ja, das freut mich“, sagte Opa. „Dann kann ich euch neugierige Detektive auch besser im Auge behalten!“

„Warum?“, fragte Rahel misstrauisch.

Opa lehnte sich an das Geländer und ließ die schöne Aussicht einen Moment auf sich wirken.

„Nun“, antwortete er dann und lächelte seine Enkelin an. „Ich glaube nicht ganz an euer plötzliches Interesse an Kultur und dieser schönen Stadt. Weißt du, mein altes Polizistenbauchgefühl sagt mir, dass noch mehr dahintersteckt“, stellte er fest.

Rahel zog es vor, nicht darauf zu antworten.

„Äh ... dürfen wir jetzt los, den Hafen angucken und so?“

„Aber sicher“, sagte Opa. „Und passt mir auf Anton auf.“

HAGENBECK

Silas stöhnte und sah auf die Uhr. Dreizehn Uhr fünfundvierzig. Kein Wunder, dass er Hunger hatte! Seine Füße und Beine schmerzten. Sophia sah zu ihm. Sie standen seit zwanzig Minuten vor dem Elefanten-Außengehege, und Onkel Anton fotografierte immer noch.

„D... Das sind E... Elefanten! Eee... lefanten sind das“, erklärte er den Besuchern, die rechts und links neben ihm vor den Graben traten. Einen Zaun gab es nicht. Antons Begeisterung für die Dickhäuter war so groß, dass es ihm egal war, ob die anderen Touristen das hören wollten oder nicht. Sehen konnten sie die Elefanten sowieso. Dann drehte er sich um.

„Haste gehört, Sophia?“

Rahel schmunzelte. Ihr Onkel hatte Sophia offensichtlich als weiteres Familienmitglied akzeptiert. Das war ihr nur recht. So war er nicht allein auf seine Nichte fixiert, jetzt, wenn Mama nicht dabei war.

„Anton, können wir weitergehen?“, drängelte Silas.

„M... Moment“, sagte Anton zum hundertsten Mal.

Er knipste ein kleines Mädchen, das dem Elefanten Apfelstückchen hinhielt. Die Kleine kicherte, als der Dickhäuter mit dem Rüssel vorsichtig ihre Handfläche berührte. Eine junge Frau im grauen Kapuzenpulli, die in der Nähe stand und das Mädchen beobachtete, lächelte flüchtig. Dann sah sie auf, warf einen kurzen Blick in Antons und Rahels Richtung und verschwand in der Menge. Peter Schmickler saß auf einer Bank und genoss die Sonne, die nur selten so ungestört wie heute vom Hamburger Himmel schien.

„Ach, Anton, du hast doch schon alle Tiere hier abgelichtet! Manche bestimmt doppelt“, quengelte Silas.

Doch sein Onkel ließ sich nicht aus der Ruhe bringen. Was er machte, das machte er gründlich.

„Dann müsste er mindestens tausendachthundertfünfzig Bilder geschossen haben“, meinte Ronny. „Die Karte in seiner Kamera schafft locker das Zehnfache.

„Sag ihm das bloß nicht!“, warnte Silas. „Meine Füße fühlen sich so an, als hätten sie jeden Zentimeter der fünfundzwanzig Hektar Zoofläche abgelaufen.“

„Das kann nicht sein“, widersprach Ronny. „Dafür stehen wir zu viel rum. Sei froh, dass es nicht regnet.“

„Ja, du hast recht.“

Silas musste lachen. Sie waren seit heute Morgen unterwegs. Kurz nach dem Frühstück hatten sie bereits die S-Bahn bestiegen. Während Sophia immer noch wie frisch aus dem Ei gepellt aussah, wirkten die anderen Mitglieder der Detektei mittlerweile ein bisschen mitgenommen. Rahels T-Shirt zierten Schokoladeneisflecken, Ronnys Hose glänzte fettig. Ein kleiner Zoobesucher hatte seine frisch frittierten Pommes aus Versehen über Ronnys Beine gekippt und war dann in Tränen ausgebrochen. Ronny war beeindruckend ruhig geblieben, obwohl sein von Fast Food begeistertes Herz angesichts der Verschwendung stille Tränen vergossen hatte. Und Silas war schon vor dem Erreichen des Zooeingangs in einen Hundehaufen getreten. Immerhin war sein Schuh nach dem Marathon durch den Tierpark mittlerweile wieder sauber. Aber auch saubere Schuhe änderten nichts daran, dass er verschwitzt und müde war. Selbst Opa hatte vorhin, nach einer Stunde Fotosession mit den Giraffen, fast die Geduld mit Anton verloren ...

„Hilfe!", schrie jemand plötzlich links von Silas auf.

Der Schrei kam aus der Menge der Elefantenbewunderer. Da in mehreren Bundesländern Herbstferien waren, waren es für einen Dienstag relativ viele Besucher. Sofort blickten Rahel, Ronny und Sophia in die Richtung, aus der der Hilferuf gekommen war. Die Stimme gehörte zu einer Frau.

„Meine Handtasche!", rief sie jetzt panisch. „Hilfe! Diebe!"

Automatisch fasste Sophia ihre Handtasche fester, und Rahel holte ihren Rucksack vom Rücken nach vorne. Opa stand sofort von seiner Bank auf und überflog die Menge mit seinen Augen. Aber weder er noch die Detektive sahen irgendetwas Verdächtiges. Niemand flüchtete aus der Menge, niemand fiel auf oder verhielt sich komisch. Onkel Anton fotografierte immer noch seelenruhig. Opa machte schon ein paar Schritte auf die bestohlene Frau zu, aber dann sah und hörte man, dass sie nicht allein war.

„Meine schöne Louis-Vuitton-Tasche!", jammerte die Frau. „Die hat zweitausend Euro gekostet!"

„Ich rufe die Polizei!", verkündete ihr Mann lauthals und hielt sein Handy ans Ohr. „Und dann beschweren wir uns bei der Zooverwaltung, Mausi!"

„Polizei ist eine gute Idee", sagte Opa zu Silas.

„Ja, aber wozu will er sich denn beschweren? Als wenn die Zoo-Leute was dafür könnten, dass sie so eine teure Handtasche mitschleppen muss", murmelte Silas. „Die haben hier bis zu dreitausend Besucher täglich. Die kann man ja schlecht alle kontrollieren und überwachen."

„Woher weißt du das denn schon wieder?", wollte Rahel wissen.

Zitronenduft wehte in ihre Nase, als sich eine junge Frau in einem grauen Kapuzenpulli an ihr vorbeischob. Die Frau hielt den Kopf gesenkt und guckte auf ihre weißen Turnschuhe.

„Stand doch am Eingang!“, antwortete ihr Bruder.

„W... Was stand am Eingang?“, fragte Onkel Anton.

Er war endlich fertig mit Fotografieren und wartete die Antwort gar nicht ab.

„G... Gehen wir jetzt ins Tropenhaus?“, schob er die nächste Frage hinterher.

Silas riss entsetzt die Augen auf.

„Oh, Anton, Erbarmen! Da gibt es noch mal fünfzehntausend Tiere! Ungefähr. Ich brauche eine Pause. Und dringend etwas zu Futtern.“

„N... Na gut“, gab sein Onkel nach. Opa half ihm, seine Digitalkamera wegzupacken. „P... Pass auf!“, verlangte Anton, obwohl sein Vater die Kamera ohnehin wie ein rohes Ei behandelte und sie immer mit dem sorgfältig verschlossenen Objektiv zur Seite in die Tasche tat.

Aber diese Kamera war das letzte Geschenk gewesen, das seine Mutter Irene noch mit ausgesucht hatte, und er hütete sie wie seinen Augapfel, seit er sie samt Kameratasche zum neununddreißigsten Geburtstag bekommen hatte. Rahel faltete den Lageplan des Zoos auseinander.

„Wenn wir uns was zu essen holen wollen, müssen wir trotzdem zum Tropenhaus. Dort ist die nächste Frittenfutterstelle. Da können wir alles kaufen, was wir brauchen.“

„Wenn die Currywurst-Pommes haben, dann nichts wie los!“, meinte Ronny.

Ein paar Minuten später standen sie Schlange am Zooimbiss. Es sah ganz so aus, als hätten alle Zoobesucher gleichzeitig Hunger bekommen. Eltern, Großeltern, Tanten und Onkel mit Kindern warteten darauf, dass sie an die Reihe kamen. Als sie endlich ihre Pommesschälchen in der Hand hatten, ließen sich die vier Freunde mit Opa an einem Tisch nieder, der gerade frei geworden war. Sophia holte eine winzige Trinkflasche aus ihrer Handtasche. Rahel setzte ihre Literflasche an die Lippen und nahm einen großen Schluck. Danach schaufelte sie zügig ein paar Pommes in den Mund.

„P... Papa, h... hast du meine Kamera?", fragte Onkel Anton plötzlich.

Opa fuhr herum, und Rahel hörte auf zu kauen.

„Natürlich nicht! Warum?", fragte Herr Schmickler alarmiert.

Doch Onkel Anton antwortete nicht. Betrübt starrte er in seine aufgeklappte, aber leere Kameratasche.

„D... D... Die is weg!"

„Waaas?!", rief Rahel mit vollem Mund. „Das darf doch wohl nicht wahr sein!"

„I... Ist es aber!", sagte ihr Onkel. „Mann, ey!", schimpfte er. „D... Die is geklaut!"

Sophia fühlte sofort mit ihm. Sie hatte auch schon gemerkt, wie wichtig ihm die Kamera war.

„So eine ... "

„Anton!", mahnte Opa, bevor sein Sohn das Wort aussprechen konnte.

Ronny ließ die Holzgabel sinken. Die Pommes schmeckten plötzlich nur noch halb so gut.

„Das ist gemein", sagte er.

„Ja, ist es", stimmte Rahel ihm zu.

Sie war wütend auf den Dieb und wütend auf sich selbst, dass sie nach dem Handtaschendiebstahl nicht auch auf Anton besser aufgepasst hatte. Und sie war wütend, weil ihr erst jetzt Werners Warnung einfiel. *Wir sind richtige Landeier geworden,* dachte sie. *Kaum ist man mal in der Stadt, schon fehlt irgendetwas.*

„W... Was m... machen wir denn jetzt, Papa?", fragte Onkel Anton.

Opa seufzte lautlos.

„Na, was schon? Ein dummes Gesicht. Dann den Verlust melden, erst bei der Polizei und dann ... "

„D... Dann bei Gott", unterbrach Anton seinen Vater.

Ronny runzelte die Stirn.

„Ja", nickte Opa und lächelte. „Ich hatte eigentlich an die Zooverwaltung gedacht. Vielleicht können die eine Art Durchsage machen und die anderen Touristen warnen. Aber danke für die Erinnerung, Anton! Gott hat natürlich noch viel mehr Möglichkeiten."

Aber auch, als sie alles erledigt hatten, blieb die Stimmung gedrückt. Selbst sein riesiger Burger mit Pommes konnte Onkel Anton nicht über den Verlust seines Fotoapparates hinwegtrösten. Er wollte nicht einmal mehr das Tropenhaus angucken, obwohl Opa versuchte, ihm Mut zu machen.

„Hey, Anton! Es ist zwar unwahrscheinlich, dass der Dieb gefasst wird, aber nicht ausgeschlossen. Zwei Diebstähle nacheinander, das könnte derselbe Gauner oder eine Gruppe von mehreren gewesen sein. Manchmal werden solche Leute durch den Erfolg unvorsichtig und fliegen auf", tröstete er seinen Sohn.

„Dann brauchen wir nur noch ein Riesenglück, dass man die schnappt, bevor sie die Kamera zu Geld machen!", flüsterte Rahel Sophia zu.

„I... Ich bin a... aber s... sauer!", schimpfte Anton.

„Das verstehe ich. Aber Gott kann auch heute noch Wunder tun", schloss Opa. „Wir beten einfach weiter dafür, dass deine Kamera wieder auftaucht."

Trotzdem verließen sie den Zoo, ohne das Tropenaquarium besichtigt zu haben. Insgeheim war Silas froh darüber, aber natürlich wäre es besser gewesen, Anton hätte seine Kamera noch.

„Opa? Können wir an den Messehallen aussteigen?", fragte Rahel, als sie an der Haltestelle Tierpark Hagenbeck auf die U-Bahn warteten.

„Warum?", fragte Opa.

„Von da kommt man zum Sievekingplatz. Da ist das Oberlandesgericht Hamburg", erklärte Ronny. „Und wir würden dort morgen gern die kostenlose Führung mitmachen."

Opa runzelte die Stirn.

„Dann kennen wir den Weg schon und so ...", meinte Silas. „Ist morgen Nachmittag, und wir wollten von den Parkanlagen zu Fuß dahin."

„Tja ...", machte Opa, „ich wusste gar nicht, dass ihr euch für die Rechtspflege interessiert. Ich hatte gedacht, dass ihr mit uns das Zollmuseum in der Speicherstadt besichtigen wollt. Die Grenzschützer haben hier nämlich viel mit Schmugglern zu tun, und in der Ausstellung zeigen sie die unglaublichsten Verstecke. Man muss die Gauner fast für ihre Ideen bewundern. Unglaublich, wie sie die Waren ins Land bringen. Aber vielleicht ist das ja auch nur für uns Polizisten interessant. Wir fanden den Betriebsausflug damals klasse."

Opa schwieg, ohne dass er Rahels Frage beantwortet hatte. Er war offenbar gedanklich in die Vergangenheit gereist und hing seinen Erinnerungen nach, denn er murmelte etwas von Konservendosen aus China mit Rechtschreibfehlern und auffällig weißen Golfbällen im Winter, in denen die Zöllner geschmuggeltes Rauschgift gefunden hatten. „Der angebliche Golfer aus Südamerika hat nicht bedacht, dass in München im Januar meist Schnee liegt. Deswegen spielt man beim *International Open Turnier* natürlich mit roten Bällen."

Opa lachte leise. „So ist er schnell aufgeflogen."

„Äh, natürlich“, sagte Rahel, die keine Ahnung von Golf hatte. „Also, dürfen wir?“, hakte sie noch einmal nach.

„Was denn?“, fragte Opa.

„Na, das Justizviertel angucken!“

„Ach ja! Klar, wir steigen da alle aus. Aber morgen Nachmittag kommen wir nicht mit. Das ist zu langweilig für Onkel Anton. Dann gehen wir eben allein ins Zollmuseum. Oder willst du doch lieber die Hafenrundfahrt machen und den Hamburger Michel sehen, Anton?“

Herr Schmickler war zurück in der Gegenwart und bei der Planung der Zukunft.

„I... Ich will gar nichts mehr sehn!“, sagte Onkel Anton.

Opa klopfte ihm auf die Schulter.

„Na, na, jetzt lass mal den Kopf nicht so hängen. Hamburg ist trotzdem schön.“

„J... Ja. Sch... Schön doof“, meckerte sein Sohn.

Ronny musste sich auf die Zunge beißen, um nicht zu lachen und damit den Onkel von Silas noch trauriger zu machen. Auch er hoffte von ganzem Herzen und gegen alle Wahrscheinlichkeit, dass diese Kamera irgendwie, irgendwo und irgendwann wieder auftauchen würde.

PLANTEN UN BLOMEN

„Oh, ist das hübsch hier!“, schwärmte Sophia und klang für einen kurzen Moment so erwachsen wie vor ein paar Monaten, als Rahel sie kennengelernt hatte. „Schade, dass Anton nicht mit ist.“

„Ich wusste gar nicht, dass du dich so für Pflanzen interessierst. Also, ich hätte hier nicht unbedingt hergemusst“, sagte Rahel.

Es war später Vormittag. Sie hatten ausgeschlafen und dank der S- und U-Bahn nur zwanzig Minuten von der Jugendherberge bis zu dem zweihundert Jahre alten Wallringpark gebraucht. Rahel fand die Gegend eher langweilig, bis auf die Wasserspiele und den riesigen Spielplatz, für den sie sich aber vor den Augen der anderen zu alt fühlte. „Planten un Blomen“, wie die Anlage offiziell auf Plattdeutsch hieß, war noch weitläufiger als der Zoo gestern, und Silas verwünschte sich für seine Idee, von hier zu Fuß zum Justizviertel zu laufen. Auf der Karte hatte alles sehr viel näher beieinander ausgesehen. Zu allem Überfluss war weit und breit kein geöffneter Imbiss in Sicht, obwohl es angeblich mehrere davon geben sollte. Vielleicht hätte er sich doch besser für die Hafenrundfahrt mit Opa und Anton entscheiden sollen? Da hätte er gemütlich sitzen und gechillt in der Gegend herumgucken können. Oder vielleicht sollten sie wenigstens einen der coolen E-Scooter mieten, die schon ein paar Mal an ihnen vorbeigeflitzt waren? Ronny hätte bestimmt schnell die richtige App gefunden. Ob das teuer war?

Während Silas über bequemere Alternativen des Sightseeings nachdachte, faltete Ronny den Lageplan auseinander, den er vorsichtshalber eingesteckt hatte. In diesem Moment bedauerte Rahel es, dass sie sich nicht auch einen mitgenommen hatte, obwohl ihr der mit Prospekten vollgestopfte Ständer im Foyer der Jugendherberge ebenfalls aufgefallen war. Der Park war so groß, dass man auf dem altmodischen Papier tatsächlich eine bessere Übersicht hatte als auf dem winzigen Smartphone-Display.

„Wir hätten abends hierherkommen sollen“, sagte Silas und tippte auf die Nummern zwölf und dreizehn. „Die Konzerte im Musikpavillon am Parksee sind beliebt. Und die Wasserlichtorgel wirkt im Dunkeln natürlich besser. Im September gibt es jedenfalls noch Musik. Hier ist jetzt gar nichts los.“

„Du bist nur zu faul zum Laufen“, stellte Rahel unbarmherzig fest.

Ausnahmsweise hatte sie sich heute genau wie Sophia für eine Handtasche entschieden. Das sah hübscher aus als ein Rucksack. Die Tasche hatte Oma von ihrer Schwester zur Silberhochzeit geschenkt bekommen und nie benutzt. Obwohl die Silberhochzeit schon fünfzehn Jahre zurücklag, sah die Tasche von Coco Chanel aus wie neu. Im Gegensatz zu Rahels Großmutter hatte Großtante Alwine Wert auf solche Dinge wie Markennamen gelegt. Rahel ließ ihr Handy in die Tasche hineinplumpsen und warf auch einen Blick auf den Lageplan.

„Ach, guck mal, der Sievekingplatz liegt genau zwischen Gorch Fock Wall und Holstenwall. Das gehört alles noch zu diesem riesigen Grüngürtel dazu“, erkannte sie sofort.

„Wie eine grüne Oase mitten in der Stadtwüste", wurde Sophia poetisch. „Gehen wir doch eine Runde spazieren, bevor wir zum Gericht laufen!"

Silas stöhnte in Gedanken. Eine Runde? Das würde hier mit Sicherheit mehrere Kilometer bedeuten. Um das auszurechnen, brauchte er nicht einmal einen Plan. Aber die anderen hatten nichts einzuwenden, also behielt er seine Bedenken für sich. Die Detektei verließ den japanischen Landschaftsgarten, der aussah wie ein überlebensgroßes Kunstwerk aus Felsen, Bäumen und Wasser. Gemeinsam schlugen die Jugendlichen den Weg zu den Mittelmeerterrassen und Schaugewächshäusern ein. Doch während Ronny und Rahel mit dem Plan vorauseilten, schlenderten Sophia und Silas gemächlich hinterher. Bewusst genossen sie die Farbenpracht der zahlreichen, üppigen Herbst-Blumenbeete und die Aussicht über den mit Wasser gefüllten Wallgraben. Es war eher ein Teich als ein Graben. Silas dozierte über die Geschichte des Parks, an deren Stelle sich ursprünglich die militärischen Verteidigungsanlagen der Stadt befunden hatten. Bis ins 18. Jahrhundert hatte man mithilfe dieses Bollwerks, das als Befestigungsring um den damaligen Stadtkern herum lag, die Unabhängigkeit Hamburgs verteidigt. Heute konnten sich die Bürger und Touristen hier erholen und in Ruhe nachdenken. Vielleicht war das genauso wichtig für die Freiheit der Hansestadt. Sophia atmete den Blumenduft ein und hörte still zu, was Rahels Bruder etwas irritierte. So viel offenes Ohr war er nicht gewohnt, und er blieb mehr als einmal verwundert stehen.

Rahel und Ronny waren mittlerweile an den Mittelmeerterrassen angekommen. Schon vor der Brücke sah man die vielen kleinen Zypressen. Als sie auf der Brücke stand, entdeckte Rahel sogar ein paar spitze Agaven und einen Feigenbaum. Onkel Anton hätte es wirklich gefallen! Er hätte alle Pflanzen benennen können. Sie spürte die Sonne auf ihren nackten Armen und schloss kurz die Augen. Es duftete schwach nach Zitrone. Hier fühlte man sich tatsächlich ein bisschen wie im Süden! Woher kam der Duft? Sie suchte die Anlage mit den Augen ab. Etwa von den Zitronenbäumchen? Die würden im Herbst bestimmt nicht blühen, sondern Früchte tragen. Plötzlich erhielt Rahel von hinten einen heftigen Stoß und prallte schmerzhaft gegen das Brückengeländer. Sie taumelte und griff nach den Metallstreben, um sich daran festzuhalten. Hinter sich hörte sie ein Keuchen, und jemand zerrte an ihr herum.

„Hey, was soll das?!“, rief sie laut und versuchte, sich umzudrehen, ohne dabei hinzufallen. Gleichzeitig merkte sie, dass dieser Jemand nicht an ihr selbst, sondern an ihrer Handtasche zog. Erst hielt sie sie instinktiv fest, aber als der Zug stärker wurde, ließ sie ängstlich los, damit der Schulterriemen nicht abriss. Genau das hatte der Jemand allerdings gewollt. „Hey!“, rief sie noch einmal.

Ronny hatte in diesem Moment die Brücke schon ganz überquert und stand vor dem Gewächshaus der Universität Hamburg mit den großen Kakteen. Gerade hatte er den Lageplan noch einmal aufgeklappt, um seinen genauen Standort zu bestimmen. Als Silas' Freund Rahel zum ersten Mal rufen hörte, schaute er ruckartig auf und zu ihr hin. Ronny begriff sofort und ließ die Karte fallen, um Silas' Schwester zu Hilfe zu eilen. Leider war er ein ganzes Stück entfernt. Bevor der Junge an der Brücke ankam, hatte der Angreifer die Coco-Chanel-Tasche bereits erbeutet und war auf der Flucht in die entgegengesetzte Richtung. Ohne nachzudenken, sprintete Ronny an Rahel vorbei und nahm die Verfolgung auf. Der Täter war kleiner als er und trug einen grauen Kapuzenpulli. Er sah sich nicht einmal um, sondern rannte einfach, so schnell er konnte, davon. Aber wer kleiner war, machte auch kleinere Schritte. Ronny hatte eine Chance, den Dieb zu stellen!

Doch da kam wie aus dem Nichts ein dunkelhaariger Mann hinter einem Gebüsch hervor. Er fuhr auf einem stabilen Herrenfahrrad. Es war kein Rennrad, sondern hatte dickere Reifen und einen stärkeren Rahmen. Der Typ mit der Handtasche sprang auf den Gepäckträger, der Fahrradfahrer trat fester in die Pedale, und der Abstand zwischen ihnen und Ronny vergrößerte sich rasch. Der Junge erkannte, dass er verloren hatte.

„Haltet die Diebe!", rief er noch, dann waren die beiden um die nächste Kurve verschwunden.

Enttäuscht gab Ronny auf und blieb stehen. Suchend sah er sich um. Doch niemand der anderen Parkbesucher schien etwas mitbekommen zu haben. Einige schauten zwar kurz fragend in seine Richtung, aber da die Diebe bereits verschwunden waren, hatten sie bald das Interesse verloren.

„Mist!", schimpfte Ronny. Er griff sich in seinen Zopf. „Wo bleiben Sophia und Silas bloß?", sagte er zu sich selbst.

Dann fiel ihm Rahel ein, und er sprintete zu ihr zurück. Silas' Schwester hatte sich an das Brückengeländer gelehnt und rieb sich die Rippen.

„Alles in Ordnung?", fragte Ronny. Er war nur leicht außer Atem.

„Geht schon", sagte sie und biss die Zähne zusammen. „Da war nichts Wichtiges drin. Nur das Tagesticket. Ich hatte mein Portemonnaie extra nicht dabei, nur ein bisschen Kleingeld. Gut, dass ich mein Handy gerade erst kurz vorher aus der Tasche genommen und in die Hosentasche gesteckt hatte!"

„Ich meine, ob mit dir alles in Ordnung ist", erklärte Ronny ruhig und machte noch einen Schritt auf sie zu. „Dein Ellbogen blutet ja!"

Überrascht guckte Rahel auf ihren Arm. Sie hatte die Schürfwunde noch nicht bemerkt. Jetzt, als sie es sah, fing es an wehzutun. Rahel verzog das Gesicht.

„Geht schon, Silas hat bestimmt Pflaster dabei“, sagte sie und versuchte zu lächeln.

Ronny nickte.

„Wie ich deinen Bruder kenne, bestimmt!“

Rahel schluckte und kramte ein benutztes Taschentuch aus der Hosentasche.

„Danke, dass du hinterher bist.“

„Selbstverständlich“, winkte Ronny ab. „Hat nur leider nichts genützt. Bist du wirklich okay?“

„Ja, ja, ist schon gut“, wehrte Rahel seine Besorgnis ab und tupfte mit dem zerknüllten Taschentuch das Blut vom Ellbogen. „Das Metallgeländer muss rauer gewesen sein, als es aussah.“

Ihre Hand und ihre Stimme zitterten noch ein wenig. Aber langsam gewann die Wut die Oberhand über den Schrecken.

„Tut mir leid, dass sie weg sind mit deiner Tasche“, bedauerte Ronny.

„Ja, mir auch“, sagte Rahel wütend, „aber das lasse ich mir nicht gefallen. Jetzt gehe ich persönlich zur Polizei. Ich kann die Täterin nämlich beschreiben!“

„Die Täterin?“

„Ja, ich habe ihr Gesicht gesehen. Es war ein Mädchen. Ein bisschen älter als wir. Und ich glaube, sie hat sich erschrocken, als ich mich umgedreht habe.“

„Ich fasse es nicht“, schimpfte Silas und drückte das zurechtgeschnittene Pflaster auf den Ellbogen seiner Schwester. „Fahrradfahren ist in ‚Planten un Blomen‘ verboten!“

„Au!“, machte Rahel und zog den Arm weg. „Nicht so fest!“

„Klauen und Leute verletzen ist überall verboten“, erinnerte Ronny seinen Freund.

„Klar, sorry, Rahel. Ich bin doch nur froh, dass dir nicht mehr passiert ist.“

„Schon gut. Danke für das Pflaster", sagte seine Schwester und übernahm schon wieder das Kommando. „Wo ist die nächste Polizeiwache, Sophia?"

„Polizeikommissariat 14. Caffamacherreihe 4", las sie von ihrem Handy vor.

„Straßennamen haben die hier!", meinte Ronny und beugte sich möglichst unauffällig, wie er dachte, über Sophias Smartphone. „Cool, wie weit ist das?"

„Nur siebenhundert Meter, acht Minuten zu Fuß."

„Wir schaffen das in sechs Minuten", behauptete Ronny. „Schließlich sind wir vom Land und an frische Luft gewöhnt."

Fast im Laufschritt setzte er sich in Bewegung. Silas wusste, dass Widerstand zwecklos war. Aber ihm fiel spontan ein guter Grund dafür ein, zurückzubleiben und später hinterherzukommen.

„Äh, ich rufe eben noch Opa an! Er sollte wissen, wo wir sind und was passiert ist", rief er den dreien hinterher.

„Ist guut", schrie Rahel zurück.

Zufrieden mit sich drückte Silas auf Opas Nummer. Während er das Telefon ans Ohr hielt, folgte er den anderen in seinem eigenen Tempo. Auf zwei Minuten kam es hier seiner Meinung nach wirklich nicht an.

Etwas später als die anderen stand er ebenfalls vor dem großen roten Ziegelbau mit den vielen Fenstern. Das übliche blaue Schild an der Hauswand trug hier das Wappen der Hansestadt in der Mitte des Polizeisterns: die Burg mit den drei Türmen. Genau vor der Polizeiwache parkten mehrere Streifenwagen. Schnell ging Silas die kleine Treppe hinauf. Die Glastür war offen. Geradeaus und nach links gab es zwei weitere Glastüren. Hinter der linken, im Tresenraum, stand Sophia und hielt nach ihm Ausschau. Als sie ihn sah, öffnete sie.

„Die Außentür war offen", sagte Silas verwundert. „In Altenbrehl muss man klingeln und auf den Summer warten, der die Tür öffnet, und in Dortmund erst recht."

„Ja", nickte Sophia, „hier ist die Tür immer offen, und die arbeiten rund um die Uhr. Die Wache ist vierundzwanzig Stunden geöffnet."

„Aber dann kann ja jeder hier hereinstürmen und losballern", wunderte sich Silas.

Ein junger Mann in Uniform, der gerade an ihnen vorbeiging, schmunzelte.

„Na, na. Wir sind hier nicht im Wilden Westen, junger Mann, nur im echten Norden", meinte er.

Silas wurde rot und folgte Sophia still zu den Besucherplätzen an der Wand. Ronny und Rahel saßen bereits auf den blau gepolsterten Holzstühlen. Der Raum war erstaunlich groß. Ein langer Tresen trennte die Besucher von den Beamten. Links stand eine ältere Frau, die mit einem der Polizisten sprach. Hinter dem Tresen waren es nur ein paar Schritte bis zu einer weiteren Zwischenwand, die zur Hälfte aus Glas bestand. Dahinter lag der Wachraum, in dem sie die übrigen Polizisten sehen konnten, die an ihrem Computerfunktisch saßen. Vor der Wand zum Wachraum standen zwei halbhohe Schiebeschränke. Rechts neben dem langen Tresen war eine Metalltür mit einem kleinen, quadratischen Fenster. Rechts davon führte ein kurzer Gang zur Besuchertoilette.

„Gut, dass du auch schon da bist", neckte Ronny seinen Freund. „Du hast die beste Aktion leider verpasst! Die haben sofort zwei Streifenwagen rausgeschickt, als Rahel sagte, dass ihr eine Handtasche geraubt worden wäre. Deine Schwester hat kurz beschrieben, was die Täterin anhatte, und los ging es."

Rahel hockte ziemlich blass auf ihrem Stuhl. Aber jetzt protestierte sie.

„Ich habe ‚geklaut' gesagt."

„Aber die hat dich geschubst und dich verletzt, um dir die Tasche wegzunehmen, also war es ein richtiges Verbrechen, hat der Polizist gesagt", behauptete Ronny. „Die hat Gewalt angewendet!"

„Der kleine Kratzer am Ellbogen ist ja wohl halb so wild!", brauste Rahel auf. Irgendwie hörte sich das alles schlimmer an, als es war. Sie holte tief Luft, um noch mehr zu sagen, zuckte dann aber zusammen.

„Sieht so aus, als wenn du auch noch einen blauen Flecken abbekommen hättest, als du gegen das Geländer gefallen bist, oder?", vermutete Silas.

„Kann schon sein", murmelte seine Schwester. „Ronny musste ja gleich alles petzen."

„Das hat doch nichts mit Petzen zu tun, Rahel", sagte Silas. „Wir müssen einfach die Wahrheit sagen!"

„Ja, das ist eine gute Idee, junger Mann!"

Ein älterer Polizist kam durch die Metalltür mit dem kleinen Fenster neben dem Tresen und ging auf Rahel und die anderen Detektive zu. Sein Kollege hinter dem Tresen rief ihm das Ergebnis der Suche vor Ort zu:

„Es konnte kein Täter mehr angetroffen werden."

„War zu erwarten", antwortete der ältere Kollege, der jetzt wohl für sie zuständig war. „Tja, wäre klasse gewesen, wenn ihr uns sofort angerufen hättet", wandte er sich nun wieder an die Detektei. „Wenn wir schnell genug vor Ort sind und eine einigermaßen gute Täterbeschreibung haben, ist es schon öfter gelungen, die Diebe sofort zu schnappen."

Rahel stöhnte auf.

„Oh, Mist! ... Äh, oh, Mann. Das tut mir leid", stotterte sie. „Ich habe in der Aufregung einfach nicht daran gedacht!"

„Ist schon in Ordnung. Das ist nur verständlich nach so einem Erlebnis."

„Die waren ja auch sowieso schon weg", sagte Ronny.

„Hm, das stimmt, aber wir haben eine bessere Ortskenntnis als ihr, wir kennen die üblichen Fluchtwege. Denkbar, dass wir sie doch bekommen hätten. Hast du deine Mutter erreicht?"

Rahel schüttelte den Kopf. Mama hatte heute Morgen eine Probe, da schaltete sie das Smartphone auf stumm und guckte nur in der Pause drauf. Sie hatte es mehrmals vergeblich versucht.

„Aber unser Opa ist schon auf dem Weg hierher", sagte Silas. „Er weiß Bescheid und kümmert sich um uns."

„Sie ist also deine Schwester", stellte der Beamte fest und zeigte auf Rahel, während er mit Silas sprach. „Bist du auch mit den beiden verwandt?", wandte er sich an Ronny.

Der schüttelte den Kopf.

„Sophia auch nicht", erklärte er bereitwillig und zeigte auf Rahels Freundin.

Der Polizist zog die Augenbrauen hoch. Er sagte nichts, aber man sah ihm an, dass er das auch nicht für möglich gehalten hätte. Ronny wurde rot.

„Habt ihr denn alle gesehen, was passiert ist?", fragte der Mann in Uniform.

Diesmal schüttelten Silas und Sophia die Köpfe. Der Beamte zeigte auf Ronny und Rahel.

„Dann nur ihr beide. Mitkommen!", sagte er in der typischen Hamburger Knappheit, aber nicht unfreundlich.

Er nahm sie mit in einen kleinen Schreibraum. Ronny und Rahel durften sich setzen, und er bot ihnen ein Glas Wasser an. Dankbar griff Rahel danach. Sie merkte erst jetzt, wie durstig sie war. Während sie alles in einem Zug austrank, gab der Polizist Ronnys Personalien in den Computer ein. Anschließend ratterte Rahel ihren Namen, ihr Geburtsdatum und ihre Adresse herunter. Der Beamte lehnte sich zurück.

„Dann erzählt doch noch einmal genau, was passiert ist“, bat er sie.

Erst schilderte Rahel den Überfall, dann war Ronny mit seinem Bericht an der Reihe. Zum Schluss versuchte Rahel, sich an das Gesicht der Täterin zu erinnern. Sie sah es immer noch vor Augen, aber konnte sie ihrer Erinnerung trauen? Schließlich war es nur ein kurzer und sehr aufregender Augenblick gewesen.

„Sie war noch jung. Vielleicht in etwa so alt wie meine große Schwester?“, riet sie.

„Wie alt ist denn deine Schwester?“, fragte der Polizist geduldig.

„Zwanzig“, sagte Rahel und ärgerte sich, dass sie so unkonzentriert war. Woher sollte der Beamte Tabea kennen?! „Mittelblond, aber braune Augen. Glattes Haar, kinnlang. Etwas größer als ich, etwas dunkleres Gesicht als ich.“

Den grauen Kapuzenpulli, die blaue Jeans und die weißen Turnschuhe hatten sie schon vorhin erwähnt, bevor die Streifenwagen zum Park rausgeschickt worden waren. In dieser Kleidung liefen Tausende durch Hamburg. Es klopfte an die Tür.

„Ja, bitte!“, sagte der Polizist.

Die Tür öffnete sich.

„Moin!“, sagte der Polizist.

„Moin“, antwortete Peter Schmickler.

„Opa!“, rief Rahel und stand auf.

Mit ein paar schnellen Schritten war Herr Schmickler bei Rahel. Sie ließ sich von ihm in den Arm nehmen.

„Hey, alles in Ordnung?“, fragte er und schob sie von sich, um ihr in die Augen zu gucken. Sie nickte.

„Mir geht es gut.“

„Gott sei Dank“, sagte Opa. „Das ist einfach unglaublich! Gestern Antons Kamera, heute deine Handtasche!“

Der Polizist wurde hellhörig.

„Sind Sie gestern schon einmal bestohlen worden?", hakte er nach.

„Ja, das war im Tierpark. Wir haben es im Kommissariat 27 gemeldet. Leider konnten wir da keine Täterbeschreibung liefern. Wir haben zu spät gemerkt, dass wir bestohlen wurden."

Opa wurde rot. „Hätte ich auch nicht gedacht, dass mir so etwas mal passiert. Wenn mein Partner Caruso dabei gewesen wäre, hätte der Dieb keine Chance gehabt."

Der Polizist guckte seltsam.

„Das ist Opas Polizeihund", erklärte Rahel.

„Ah, sind Sie ein Kollege?"

Opa schmunzelte.

„Bis vor Kurzem war ich Diensthundeführer beim PP Koblenz und Ausbilder an der Hundeschule. Aber jetzt genieße ich meine Pension und meine Enkel."

Er nahm Rahel noch einmal in den Arm, als könnte er sie im Nachhinein beschützen und den Diebstahl ungeschehen machen. „Tut mir leid um Omas Handtasche", bedauerte er. „Am selben Tag wurde übrigens im Tierpark Hagenbeck noch eine Handtasche entwendet. Nur kurz vorher."

„Ja", bestätigte Rahel. „Wir waren gerade am Elefantengehege und haben die Frau um Hilfe rufen hören. Aber auch da ist uns niemand aufgefallen, der weggelaufen wäre. Da standen einfach zu viele Leute rum."

Opa nickte.

„Vielleicht sind an dem Tag noch mehr Leute bestohlen worden ..."

Doch Rahel fiel plötzlich etwas ein.

„Moment mal! Aber ja doch! Da ist so eine Frau an mir vorbei, die auch einen grauen Kapuzenpulli trug, und sie hatte weiße Turnschuhe an! Genau! Und kurz vorher hat sie schon einmal zu mir und Anton rübergeguckt. Der hatte gerade das Mädchen fotografiert, das den Elefanten gefüttert hat. Vielleicht hat sie gedacht, dass sie mit auf Antons Foto drauf ist ... Und hat deshalb die Kamera geklaut!"

Der Polizist guckte skeptisch. Der Drucker im Schreibraum arbeitete und warf Papier aus. Der Beamte griff danach.

„Hast du denn ihr Gesicht gesehen?"

Rahel schüttelte den Kopf.

„Leider nicht wirklich, in dem Moment nur flüchtig von der Seite, und vorher war sie zu weit weg. Aber ich bin mir trotzdem irgendwie sicher!"

„Tja, wenn du sie nicht sehen konntest, dann wissen wir nichts Genaues." Bedauernd hob er die freie Hand. „Aber wie dem auch sei. Das geht jetzt alles zur Kriminalpolizei. Herr Schmickler, wenn Sie Ihre Enkel mitnehmen, müssen wir nicht unbedingt auf die Mutter warten. Eine Anzeige ist nicht nötig, da es sich bei Raub um ein Offizialdelikt handelt."

„Was heißt das?", fragte Ronny.

„Es muss verfolgt werden, selbst wenn Rahel das nicht will oder nicht beantragt", erklärte Opa.

„Dann sind wir soweit fertig."

Der Polizist stand auf, öffnete ihnen die Tür, und sie verließen das Schreibzimmer. Sophia und Silas saßen immer noch auf den Besucherstühlen. Erst jetzt fiel Rahel auf, dass darüber ein paar kleine Plakate mit Fahndungsaufrufen hingen. Aber niemand von den Gesuchten ähnelte ihrer Täterin.

„Beim nächsten Mal denkt ihr daran, sofort die Polizei zu rufen, okay?", riet der nette Polizist Ronny und Rahel. „Obwohl ich für euch hoffe, dass ihr euren Urlaub hier ab heute ungestört genießen könnt."

Er lächelte freundlich.

„Oh ja, das hoffen wir auch", sagte Opa aus tiefstem Herzen.

„Sie werden schriftlich informiert, wenn das Diebesgut auftaucht", sagte der Polizist zu Opa und streckte die Hand aus, um auch Rahel und Ronny zu verabschieden. „Aber allzu viel Hoffnung dürft ihr euch leider nicht machen."

Ronny schüttelte dem Polizisten die Hand, und Rahel bedankte sich noch einmal für die Hilfe.

Zusammen mit Opa wandte sich die Detektei dem Ausgang zu.

„Wie sieht es aus? Wollt ihr etwa immer noch zu der Führung im Justizviertel?", hakte er nach, als sie wieder draußen vor dem Gebäude standen.

„Ja klar", sagte seine Enkelin, ehe Silas auf eine andere Idee kommen und einen Rückzieher machen konnte.

„Ist gut", nickte Opa erleichtert. „Dann kommt ihr alleine klar? Ich muss nämlich zurück zu Onkel Anton. Er müsste sein kleines Mittagsschläfchen beendet haben. Nach der Hafenrundfahrt war er ganz schön müde."

„Geh nur!", sagte Rahel und sah auf ihre Uhr. „Wir treffen uns dann gegen achtzehn Uhr in der Jugendherberge?"

„In Ordnung. Passt auf euch auf!", sagte Opa und nickte Ronny und Silas zu, bevor er durch die Glastür ging.

„Jetzt haben wir zwei Fälle", stellte Rahel fest, als sie alle vier vor der Wache standen. Nach der ganzen Aufregung platzte Silas der Kragen.

„Mann, Rahel! Jetzt versteif dich doch nicht schon wieder so auf Werner! Der ist Pastor! Er hat Theologie studiert oder zumindest eine Bibelschule besucht. Das ... das ...", er rang die Hände, „das glaub ich einfach nicht! Sag mal, macht es dir eigentlich Spaß rauszufinden, was andere Menschen alles falsch machen? Schön! Dann muss man nämlich nicht über sich selber nachdenken."

Rahel antwortete nicht, aber sie blitzte ihren Bruder beleidigt an.

„Hey, jetzt regt euch ab!“, sagte Ronny ruhig und sah auf sein Handy. „Zweihundertneunzig Meter von hier gibt's Vapiano.“

„Was soll das denn jetzt?“, zickte Rahel ihn an.

„Zu wenig Kohlenhydrate im Blut machen aggressiv“, erklärte Ronny „Merkt ihr doch grade selbst! Wenn wir uns noch sechzig Meter weiterschleppen, können wir zu Subway. Die Nächste links, ABC-Straße und dann Gänsemarkt.“

„Subway“, bestimmte Sophia schnell. *„J'ai faim.* Mir hängt der Magen unter den Füßen, oder wie sagt ihr auf Deutsch?“

Rahel musste lachen.

„In den Kniekehlen. Oder einfach: Ich habe Hunger. Gute Idee, lasst uns was snacken“, gab sie nach.

„Also, mir hängt der Magen mindestens unter den Füßen“, behauptete Silas. „Was zu essen wäre super und dann mal vierundzwanzig Stunden lang nicht beklaut werden!“

Und nicht so einen Blödsinn über Werner denken.

JUSTIZFORUM AM SIEVEKINGPLATZ

„Im Namen des hanseatischen Oberlandesgerichtes heiße ich Sie herzlich willkommen zu unserer heutigen Führung! Ich bin Frau Stadel und arbeite als Rechtspflegerin hier am OLG. Zu den verschiedenen Berufen, die hier an den Gerichten vertreten sind, später mehr. Da wir heute so gutes Wetter haben, beginnen wir gleich hier und jetzt an der von Gloria Friedmann gestalteten Gedenkstätte. Das Mahnmal trägt eben diesen Namen: ‚Hier + Jetzt'!"

Die Detektei und die „Rüstigen Rentner", so hieß die Gruppe, der sie sich angeschlossen hatten, standen vor einem großen Betonquader in dem kleinen Park am Sievekingplatz. Genauer gesagt handelte es sich um ein Bild. Von dieser Seite zeigte er die Stadt Hamburg von schräg oben und in bläulicher Farbe. Davor waren neunzig Eisenstelen aufgestellt, die wie kleine Tische auf überlangen Beinen wirkten. Jedes hochbeinige, quadratische Tischchen trug einen ebenfalls metallenen Blumentopf.

„Diese Blumentöpfe wurden von der Künstlerin mit unterschiedlichen Pflanzen bepflanzt. Alle Pflanzen, so verschieden sie auch sind, brauchen Erde, Sonne und Wasser, um zu überleben. Sie haben Anspruch auf Pflege. Damit symbolisieren die Pflanzen die Unterschiedlichkeit von uns Menschen, aber auch die Gleichheit in den Bedürfnissen."

Frau Stadels Blick fiel auf Sophia, und sie lächelte ihr zu.

„Ganz egal, wo wir herkommen, welche Hautfarbe wir haben und welcher Religion wir angehören: Alle, Männer und Frauen, die hier in diesen Gebäuden Recht suchen, haben den Anspruch auf Gleichheit vor dem Gesetz. Es soll uns, die wir in der Rechtspflege arbeiten, daran erinnern, dass die Justiz unabhängig sein muss und nie wieder Instrument einer Regierung sein darf. Leider war das zu oft und auch in Hamburg zur Zeit der NS-Diktatur der Fall."

Rahel war enttäuscht. Nirgendwo waren Polizeiwagen oder Rocker auf Motorrädern zu sehen. Links und rechts von ihnen und dem Mahnmal sausten nur ganz normale Pkws über die Straßen. Aber gut. Der Prozess war vielleicht noch nicht richtig losgegangen. Sie stieß Sophia an.

„Wann gehen wir endlich rein?", fragte sie. „Ich will wenigstens ein paar echte Verbrecher sehen."

Doch Sophia reagierte nicht. Sie erinnerte sich gerade an Maria, Martha, Leopold und Kurt, die zur Zeit des Nationalsozialismus Jugendliche und etwa in ihrem Alter gewesen waren. Es war noch nicht lange her, dass sie das Rätsel um Marthas Brief gelöst hatten. Auch diese vier jungen Menschen waren sehr unterschiedlich gewesen. Doch die Stadt Burgenach hatte sie alles andere als gleich behandelt!

„Am Giebel des OLGs sehen Sie ein Dreieck. Von hier kann man den lateinischen Spruch gut lesen, der dort steht …", fuhr Frau Stadel fort.

„Ius est ars boni et aequi", las Silas vor.

„Vielen Dank, junger Mann!", sagte der rüstige Rentner neben ihm. „Meine Augen sind nicht mehr gut genug dafür. Aber mein Kopf funktioniert noch. *Das Recht ist die Kunst des Guten und Gleichen"*, übersetzte er. „Ich war mal Lateinlehrer."

Die Rechtspflegerin hatte den Spruch etwas freier und länger übersetzt und sprach nun über die Figur der Justitia, die noch höher hinter dem Giebel zu sehen war. Die römische Göttin der Gerechtigkeit hielt wie üblich eine Waage und ein Schwert in den Händen. Aber die Augenbinde fehlte. Hier im Justizforum war jede einzelne der insgesamt drei Justitia-Figuren eine sehende Göttin. *Vielleicht ist das besser, wenn sie ab und zu mal ins Gesetz gucken muss,* dachte Silas. Die Beamtin, die die Führung leitete, ging noch um das Mahnmal herum und wies sie auf die Jahreszahl 1933 hin, die auf dieser Seite riesengroß in den grauen Betonquader eingraviert war.

„Na endlich!", sagte Rahel, als sich die rüstigen Rentner mit Frau Stadel an der Spitze dem Strafgerichtsgebäude zuwandten.

Es gab drei palastähnliche Gebäude hier am Sievekingplatz. Mit dem OLG in der Mitte bildeten sie zusammen ein riesiges U. Die Besuchergruppe überquerte die Straße und ging die Stufen zum Eingang hinauf. Im Gebäude machten sie Halt vor dem Glaskasten, in dem ein Wachtmeister saß. „Information" stand darüber. Aber Frau Stadel musste nichts fragen; sie wusste, wo sie hinwollte. Sie schickte Sophia und Rahel mit den Rentnerinnen nach links zur Sicherheitsschleuse, Ronny und Silas mit den Herren nach rechts. Nachdem das Licht auf Grün gesprungen war, durften sie durch das Drehkreuz zu einer weiteren Beamtin, die in einer Kabine saß und nur per Mikrofon mit ihnen sprach. Sie mussten ihre Handys abgeben und ihre Handtaschen und Rucksäcke in grauen Schalen über ein Röntgenband rollen lassen. Danach gingen sie langsam durch ein Scanner-Tor. Eine weitere Glastür öffnete sich auf Knopfdruck, und sie stießen wieder auf die Herren. Nur Silas fehlte noch.

„Das kenne ich vom Flughafen!“, sagte Sophia zu ihrer Freundin. „Damit kann man in der Kleidung oder am Körper verstecktes Metall entdecken.“

„Ja, und genau wie dort findet diese Eingangskontrolle auch hier aus Sicherheitsgründen statt“, erklärte Frau Stadel.

„Das kann man sich ja wohl denken“, murmelte Rahel.

Endlich kam auch Silas durch die letzte Glastür. Er war knallrot und schwitzte.

„Er hatte sein Taschenmesser dabei“, meinte Ronny, „musste noch mal zurück. Wehe, ihr sagt was.“

Rahel stöhnte nur kurz, verkniff sich aber gerade noch eine spöttische Bemerkung. Die Rechtspflegerin wandte sich im Hauptflur nach links. Dann setzten sie ihren Weg auf einem Gang fort, der mit kleinen, unregelmäßig angeordneten Steinchen gepflastert war. *Terrazzoboden* nannte Frau Stadel das. Rahel hatte das Wort sofort wieder vergessen. Sie stiegen die Treppe in den ersten Stock hinauf und bewunderten das rötliche Marmorgeländer. Dann folgten sie einem roten Linoleum-Gang. Am Ende des Ganges hielt die Justizbeamtin vor einem Sitzungssaal. Er hatte zwei Türen. „Zeugen ist der Aufenthalt im Zuschauerraum nicht gestattet“, stand auf der einen Tür.

Während Frau Stadel die einzelnen Gerichte aufzählte, die es hier gab, beobachtete Rahel die Menschen, die nicht zu ihrer Besuchergruppe gehörten. Einige hatten es eilig und wirkten nervös. Andere standen wartend herum. Die, die in den schwarzen Roben und blauen Uniformen vorübergingen, waren bestimmt wichtig, aber auch nicht besonders spannend. Die Wachtmeister hatten nicht mal eine Pistole! Rahel seufzte. Es roch nach Staub, und es war so still wie in einer Kirche. Durfte man hier nicht lachen, oder gab es nichts zu lachen? Sie wünschte sich zurück in die Sonne. Ob es an den Gerichten, an die Papa immer musste, auch so aussah? Was fand er nur daran? Endlich öffnete Frau Stadel die Tür. Rahel folgte ihr als Erste, und obwohl der Sitzungssaal gar nicht so klein war, hatte Silas' Schwester alles blitzschnell erfasst. Der beeindruckend große Richtertisch aus dunklem Eichenholz stand vor der kürzeren, fensterlosen Wand links von ihr. Er war auch vorne verkleidet, sodass niemand die Beine der Juristen sehen konnte, wenn sie die Verhandlung leiteten, wie ihre Führerin erklärte. Auf der entgegengesetzten Wand befanden sich hinter einer hölzernen Balustrade die Besucherbänke.

„Die Vertreter der Staatsanwaltschaft sitzen immer auf der langen Fensterseite", sagte Frau Stadel. „So haben sie bei Tageslicht eine bessere Sicht auf die Mimik des Angeklagten oder der Zeugen, die hier an diesem kleinen Tisch vor dem Richtertisch sitzen. Außerdem kann der Angeklagte auch nicht so leicht aus dem Fenster springen, falls er die Absicht hat zu fliehen."

Sie lächelte.

„Pfft!", machte Rahel. „Im Erdgeschoss vielleicht, aber bei den Sälen, die höher liegen, da springt doch eh keiner raus!"

„Ruhe", sagte Silas; er fand den Vortrag sehr spannend.

„Taschenmesser", flüsterte Rahel, aber Silas hörte es nicht.

„Das Gesicht des Staatsanwaltes oder der Staatsanwältin ist dagegen nicht so gut zu erkennen, da jeder, der dort hinsieht, gegen das Licht gucken muss", erklärte die Rechtspflegerin weiter. „Die Verteidigung sitzt der Staatsanwaltschaft mit ihrem Mandanten gegenüber."

„Ah, die *Defense*", meinte Ronny und dachte an Basketball. Rahel hörte nur noch mit halbem Ohr hin, während Frau Stadel die Berufe aufzählte, die es an einem Gericht gab, und ihre unterschiedlichen Aufgaben und das Aussehen der Roben beschrieb, an denen man die Berufe der Träger erkennen konnte. Silas' Schwester wurde erst wieder hellhörig, als die Rechtspflegerin etwas über die Terminrolle erzählte.

„Draußen vor jedem Sitzungssaal ist ein Zettel angebracht, auf dem sich das Datum, das Aktenzeichen und der Name des oder der Angeklagten finden. So findet jeder Zeuge oder auch jeder Zuschauer den richtigen Saal."

„Dann könnte ich also theoretisch gucken, in welchem Saal am Freitag die Vernehmung des Kronzeugen in dem Rockerprozess stattfindet?", fragte Rahel nach.

Sie klang sehr sachlich.

„Nein", antwortete Frau Stadel. „Die Zettel werden jeden Morgen neu von einem Wachtmeister oder einer Wachtmeisterin hier verteilt. Sonst könnte es zu Verwechslungen kommen. Du müsstest also Freitagmorgen vorbeikommen und nachschauen."

Rahel nickte. Genau das nahm sie sich fest vor.

Zum Abschluss der Führung gab es noch ein Gespräch mit einem Richter des OLG. Herr Müller erzählte von seinem Arbeitsalltag, und zum Schluss durfte man Fragen stellen.

„Ist es möglich, sich einen Prozess anzugucken?", fragte Silas.

„Aber ja, grundsätzlich ist das immer möglich", antwortete der Richter überrascht von so viel Interesse. „Es ist sogar sehr wichtig, dass die mündliche Hauptverhandlung öffentlich ist. Das ist in unserem Gerichtsverfassungsgesetz und in der Europäischen Menschenrechtskonvention so vorgeschrieben."

Es folgte ein kurzer, aber begeisterter Ausflug in die Zeit des Römischen Reiches. Schon damals hatten die Strafverfahren auf dem Forum oder Marktplatz, also in der Öffentlichkeit, stattgefunden, erklärte der Richter. Der ehemalige Lateinlehrer zitierte freudig ein paar passende Redewendungen der alten Römer. Schließlich bedankte Silas sich artig, obwohl er das mit der Öffentlichkeit gar nicht so genau hatte wissen wollen. Rahel sah auf die Uhr. Sie hatte sich die

Führung im Großen und Ganzen spannender vorgestellt, aber immerhin wussten sie jetzt schon, in welches Gebäude sie am Freitag mussten und wie sie den richtigen Saal finden würden. Auch Ronny schien sich zu langweilen, doch Silas und Sophia guckten immer noch interessiert, als ihre Führerin sich draußen von ihnen verabschiedete.

„Vielen Dank!“, freute sich Frau Stadel, als die ganze Gruppe als Dankeschön Beifall klatschte. „Das habe ich so auch noch nicht erlebt!“

Lächelnd entschwand sie in den verdienten Feierabend. Die Rentner waren gemeinsam abmarschiert, nur die Detektei stand noch in dem kleinen Park auf dem Fußweg, der das Straf- und das Zivilgerichtsgebäude miteinander verband.

„Herrlich!“, sagte Sophia und hielt ihr Gesicht der wärmenden Sonne entgegen. „Jetzt möchte ich ein Franzbrötchen“, seufzte sie, „und der Tag ist perfekt!“

„Was ist das?“, fragte Ronny.

„Eine Hamburger Spezialität aus Plunderteig mit ganz viel Zimt und Butter!“

„Plunderteig?“

Ronny guckte misstrauisch.

„Ja, das schmeckt sooo gut“, schwärmte Sophia. „Noch besser als Croissants.“

„Ich will ein Matjesbrötchen“, bestimmte Silas. „Oder besser zwei.“

Rahel sah ihn vorwurfsvoll an.

„Eins reicht ja wohl. Um achtzehn Uhr gibt es in der Jugendherberge Abendbrot!“

„Null problemo“, meinte Silas. „Schaffe ich beides. Das macht der Klimawechsel. Ich habe mega Appetit.“

„Wie konnte ich nur etwas anderes denken.“

„Genau, wie konntest du, Rahel. Labskaus schaffe ich immer“, behauptete Silas.

„Woher weißt du, dass es Labskaus gibt?"

„Wer lesen kann, ist klar im Vorteil. Stand auf der Tür zum Speisesaal. Hamburger Spezialität."

„Logo. Solche Schilder siehst du immer! Aber ..."

„Äh, ist Labskaus so was wie euer Pfälzer Saumagen?", fragte Ronny.

„Schlimmer!", lachte Silas. „Mama macht das ab und zu. Das sieht aus wie schon mal gegessen."

Ronny verzog angewidert das Gesicht, und auch Sophia guckte kritisch.

„Ist aber trotzdem sehr lecker", sagte Rahel.

Anders als erwartet schmeckte auch Ronny und Sophia das Gericht aus püriertem Rindfleisch, Roter Bete, Gewürzgurken und Kartoffelbrei sehr gut. Die rötlich-braune Masse auf dem Teller erinnerte an groben Kartoffelbrei. An etwas anderes durfte man nicht denken. Vielleicht hatten die Köche in der Jugendherberge das Labskaus deshalb mit Spiegeleiern zugedeckt. Dazu gab es Rollmops. Onkel Anton hantierte am Tisch so lange mit der neusten Ausgabe des Hamburger Abendblattes, bis Opa es ihm wegnahm.

„Ihr könnt die Zeitung gleich zusammen lesen, nach dem Essen", bestimmte er.

„Machen wir", sagte Rahel.

Sie hatte eine interessante Überschrift entdeckt, während Anton nach Bildern von seiner Borussia gesucht hatte.

„Manno, d... da steht gar nichts über den BVB drin!", beschwerte sich ihr Onkel.

„Wir sind hier in Hamburg und nicht in Dortmund", sagte Opa. „Da steht vielleicht jeden Tag etwas über den HSV drin, aber nicht über die Gegner."

„G... Glaubst du, ich weiß das nich?!"

Onkel Anton wurde lauter.

„Anton?!“, fragte Opa leise mahnend. „Können wir jetzt in Ruhe essen?“

„J... Ja, Mann“, sagte sein Sohn.

Nur noch leise vor sich hin redend widmete er sich seinem Abendessen.

„Schmeckt g... gut!“, sagte er nur noch einmal und sah plötzlich wieder sehr zufrieden aus.

Silas und Sophia erzählten Opa ausführlich von der Führung im Justizforum, während Ronny und Rahel ihren Gedanken nachhingen. Sie hatten beide nicht so viel behalten. Nur einmal trafen sich ihre Blicke. Ronnys Nase zuckte. Da wusste Rahel, dass er dasselbe dachte wie sie: dass auch er niemals einen dieser Berufe ergreifen würde, von denen Frau Stadel gesprochen hatte. Sie lächelte wissend zurück.

„Darf ich?“, fragte Rahel, als alle satt waren und ihr Geschirr weggebracht hatten.

Sie war am Tisch stehen geblieben und griff nach der Zeitung, die Opa ordentlich gefaltet neben sich gelegt hatte.

„Aber sicher. Geht nur, ich trinke hier noch in Ruhe einen Tee“, sagte Opa und betonte das Wort *Ruhe*. „Und nehmt bitte Onkel Anton mit!“, bat er. „Dann lege ich mich noch ein wenig hin, bis wir unseren Abendspaziergang zur Binnenalster machen.“

„Geht klar!“, lachte Silas. Auch Opa war nur ein Mensch. „Komm Anton, wir schauen mal, ob wir nicht doch etwas über den BVB in der Zeitung finden.“

DAS HAMBURGER ABENDBLATT

Fünf Minuten später hatten sie die ganze große Tageszeitung durchgeblättert, aber bis auf eine winzige Notiz wurde das Freitagabendspiel tatsächlich nicht erwähnt. Anton hatte sich mittlerweile damit abgefunden. Ronny nahm Silas die Zeitung aus der Hand und schlug den Bericht über den großen Prozess gegen die *Sons of Sin* auf.

„Das wolltest du doch lesen, oder, Sherlock?", fragte er Rahel und legte das Hamburger Abendblatt mit der Seite sieben nach oben auf den kleinen Tisch im Zimmer der Jungs.

„Sehr richtig, Watson", grinste Rahel, „Dankeschön!"

Vier Detektive versuchten nun, gleichzeitig den Artikel zu lesen. Nur Anton tippte auf die Bilder des Kronzeugen.

„D... Den kenne ich!", behauptete er noch einmal. „D... Den da!"

Acht Augen richteten sich auf das recht große Schwarz-Weiß-Bild, das das Gesicht des Zeugen zeigte. Auf einem kleineren bunten Bild konnte man den übergewichtigen Mann mit Schutzweste in einer Art Glaskasten sitzen sehen. Das dritte Bild war am Tatort, vor dem Wettbüro, aufgenommen worden.

„Kennst du wirklich einen mit so einem Muttermal im Gesicht?", fragte Silas.

Anton zuckte die Schultern.

„Ein Muttermal ist kein eindeutiges Kennzeichen“, meinte Sophia, „so etwas kann man wegmachen lassen.“

„D... Dann gibt d... das 'ne Narbe!“, wusste Onkel Anton.

Er kannte sich mit Muttermalen aus, da ihm schon selbst so einige entfernt worden waren. Bei dem Wort *Narbe* lief es Rahel auf einmal eiskalt den Rücken herunter. Sie dachte an den Moment am Sonntagabend, als Werner geklingelt hatte und Papa sprechen wollte. Schlagartig hatte sie sein Gesicht vor Augen, ganz deutlich wie auf einem Foto. Sie sah hoch. Zum zweiten Mal an diesem Abend traf ihr Blick Ronnys Augen, und diesmal las er ihre Gedanken.

„Werner hat auch eine Narbe auf dem linken Wangenknochen“, sprach Ronny leise aus, was Rahel dachte. „Ist mir auch schon aufgefallen.“

„Ja, das ist es! Natürlich!“, sagte Rahel und schlug sich vor die Stirn. „Natürlich!“, wiederholte sie diesmal kopfschüttelnd. „Wir lagen total falsch!“

„Äh ... Womit genau?!“, fragte Silas.

„Na, wir lagen falsch mit Werner!“, rief Rahel.

„*Du* lagst falsch mit Werner“, korrigierte ihr Bruder.

„Ist doch egal! Mensch, Silas. Werner ist nicht der gesuchte Mörder!“

„Das sag ich doch die ganze Zeit! Aber auf mich hört ja keiner.“

Rahel achtete nicht auf ihn, sondern wandte sich jetzt an Sophia.

„Nein, Werner will aus einem ganz anderen Grund zu dem Prozess, er ...“ Sie stockte.

„Er ... könnte der Kronzeuge sein!“, beendete Ronny den Satz.

Silas lachte augenblicklich laut los. Auch Sophia klappte den Mund auf, aber während Silas sich nicht mehr auf den

Beinen halten konnte vor Lachen und sich aufs Bett fallen ließ, staunte Rahels Freundin nur stumm. Ronny verschränkte die Arme vor der Brust.

„Das war kein Witz, Silas“, sagte er ernst.

Sophia sah weiter stumm zwischen dem ernsten Ronny und dem immer noch lachenden Silas hin und her. Sie wusste nicht, was sie sagen sollte. Es dauerte etwas, bis Rahels Bruder sich einigermaßen beruhigt hatte. Schließlich stand er vom Bett auf.

„Sorry, Bro, aber diese Narbe bzw. das Muttermal ist auch das Einzige, was dieser Typ mit Werner gemeinsam hat!“, sagte er in Ronnys Richtung.

Dann griff Silas sich die Zeitung, strich sie glatt und betrachtete das Foto und den Artikel noch einmal ganz genau. Die ganze Zeit zierte ein überlegenes Grinsen sein Gesicht.

„Also gut“, sagte er dann. „Euch zuliebe gehen wir das Ganze mal durch. Erstens: Der Typ hat stahlblaue Augen. Werners sind braun.“

„Das ist ein Schwarz-Weiß-Foto, Silas. Die Augenfarbe kannst du nicht sehen!“, protestierte Rahel.

„Nein, aber hier unten schreibt der Journalist über den ersten Prozess: *Der geläuterte Rocker und wichtigste Zeuge schaut hinüber zu der Bank, in der die Witwe des Opfers sitzt. ‚Es tut mir aufrichtig leid. All dies hätte niemals passieren dürfen!‘, sagt er, und seine stahlblauen Augen wirken ehrlich.* Der Zeuge hat so blaue Augen, dass sie sogar den Journalisten aufgefallen sind.“

„Es gibt farbige Kontaktlinsen“, warf Sophia ein. „Dann hätte sich auch die Brille erledigt.“

„Die Augenform kommt jedenfalls hin“, meinte Ronny.

Silas zögerte.

„Na gut, meinetwegen, aber zweitens“, fuhr er fort, „der auf dem Foto hat richtig viele, dunkle Haare! Und einen Vollbart. Werner dagegen hat eine Glatze mit ein paar grauen Härchen drum herum.“

„Das ist ja wohl die leichteste Übung. Haare kann man abrasieren und färben! Stellt euch den mal mit Glatze vor", verlangte Rahel.

„Moment!"

Ronny zückte sein Handy und fotografierte das Foto des Zeugen ab. Dann entfernte er mithilfe einer Bildbearbeitungs-App die Haare bis auf einen kleinen Kranz und wechselte die Augenfarbe von Grau auf Braun. Anschließend schnitt er das Kinn mit dem Vollbart ab und färbte den Schnäuzer und die übrigen Haare grau. Einen Augenblick sagte niemand etwas. Die zwei Drittel des Bildes, die noch übrig waren, sahen wirklich aus wie Werner mit Übergewicht und Brille.

„S... Sag ich doch! D... Den kenn ich!", meinte Onkel Anton. „D... Das is Werner!"

„Sogar die Nase passt", sagte Rahel leise und wischte sich über die Augen.

Sie konnte es gerade selbst nicht glauben.

„Drittens", schloss Silas energisch. „Ist der Typ richtig dick! Werner ist sportlich. Und mit so einer App kannst du alles machen. Das ist reiner Zufall."

Prompt lies Ronny das Gesicht etwas schlanker werden und radierte die Brille weg. Die Ähnlichkeit des Pastors der SEGE mit dem Mann auf dem bearbeiteten Foto war jetzt noch größer.

„Mensch, Rahel, Ronny! Das glaubt ihr doch nicht wirklich", rief Silas und wandte sich von dem Smartphonedisplay ab. „Was denn nun? Erst ist Werner ein angeblicher Mörder, jetzt der wichtigste Zeuge, also quasi ein Held. Entscheidet euch mal!"

Genervt schlug Silas die Zeitung zu und schmiss sich wieder auf sein Bett. Rahel blätterte das Abendblatt noch einmal auf und faltete die Zeitung so, dass nur noch der

Artikel über den Prozess zu lesen war. Sie starrte auf das Bild des Kronzeugen, als würde der Mann auf dem Foto gleich anfangen zu reden und sagen, ob sie recht hatte oder falschlag.

„Der ist viel zu fett", blieb Silas bei seiner Meinung und griff nach einem Schokoriegel.

„Na und? Es soll Menschen geben, die es schon geschafft haben, ein paar Kilo abzunehmen", sagte Rahel. Sie stemmte die Hände in die Hüften und drehte sich zu ihrem Bruder um, der genüsslich kaute. „Natürlich nur Menschen, die in der Lage sind, auf Schokolade zu verzichten", schränkte sie ein.

„Vielen Dank", sagte Silas.

Aber er packte den halb gegessenen Riegel wieder ein. Dabei guckte er so traurig, dass Sophia Mitleid bekam.

„Dann müsste er aber ziemlich viel abgenommen haben, oder?", fragte sie.

„Mit dem richtigen Fitnesstraining kein Problem", behauptete Ronny. „Nicht, wenn man ein paar Jahre Zeit hat."

„Das mag ja sein, aber ihr vergesst, dass der Zeuge hier immer noch so aussieht", erinnerte Silas. „Dieses Foto ist nämlich nicht ein paar Jahre alt, sondern neu, und Werner kann sich ja wohl kaum in drei Tagen wieder Haare wachsen lassen und dreißig Kilo zunehmen."

Ronny sah nachdenklich zu Sophia.

„Ich weiß nicht, der ist doch in diesem Zeugenschutzprogramm, oder? Also, ich meine, der Zeuge hier", fragte er.

Alle Detektive nickten, einschließlich Onkel Anton.

„Erinnert ihr euch noch an das, was euer Opa dazu erklärt hat, als ich zwei Tage bei euch gewohnt habe ... wegen der Sache mit Sophia?", fragte Ronny.

„Ja", sagte Rahel. „Solche Zeugen bekommen ein komplett neues Leben. An einem neuen Ort, mit einem neuen Beruf und ... hey! Mit einem neuen Aussehen?"

„Exakt! Warum nicht, wenn das so leicht möglich ist wie hier? Wenn der Mann einen Vollbart hatte, weiß niemand, wie sein Kinn aussieht, oder? Und die vielen Kilo weniger verändern die Figur krass. Man bewegt sich sogar anders, wenn man schlanker ist. So ist er kaum wiederzuerkennen."

„Na klar", meckerte Silas. „Das habe ich verstanden, aber wieso sieht der Zeuge dann immer noch so aus?"

„Ich weiß, Silas!", rief Rahel. „Aber jetzt lass Ronny doch mal ausreden!"

„Schon gut, Entschuldigung", sagte Silas.

Er drehte sich auf den Rücken und starrte zur Decke.

„Also, wenn der Typ hier Profis zur Beratung hat, dann wissen die auch, wie man jemanden äußerlich verändert. Er kriegt halt eine Perücke und einen falschen Bart, damit er so aussieht wie früher."

Sophia riss die Augen auf.

„Und wo kriegt er die Kilos her?"

Silas rollte sich wieder auf den Bauch und stützte sein Kinn auf die Hände.

„So viel kann nicht mal ich in zwei Tagen essen."

„I... Ich schon!", grinste Onkel Anton.

„Nein, du auch nicht", widersprach Rahel lachend. „Aber denk doch mal an die Bühnenkostüme, Silas. Wie Mama sich dadurch verändert. Als sie zum Beispiel vor einem Jahr den Prinzen gespielt hat, haben nicht einmal wir sie wiedererkannt. Und es gibt so was wie *Fatsuits* und Backenpolster. Damit kannst du einen voll dick aussehen lassen."

„Selbst wenn, Rahel, was ist mit dem Tattoo? Hast du das plötzlich vergessen? Am Sonntag war es noch ach so verdächtig und einzigartig", erinnerte Silas.

„Ja, du hast recht", gab seine Schwester zu und ließ sich auf einen Stuhl fallen. „Dafür habe ich noch keine Erklärung."

„Hm, was ist, wenn das gar nicht so ungewöhnlich ist?", fragte Ronny. „Wenn die beide, also der gesuchte Mörder und der Zeuge, der gleichen Gang angehörten, hatten sie vielleicht auch denselben Tätowierer, oder?"

„Puuh!", schnaubte Silas. „Sind das nicht etwas zu viele Fragezeichen? Ihr seid doch echt verrückt! Selbst wenn das alles richtig wäre, wie soll Werner in der kurzen Zeit Pastor geworden sein?"

„Ganz einfach!", sagte Ronny.

„Wie bitte?!"

Silas traute seinen Ohren nicht.

„Wir müssten seine Stimme hören", erklärte Ronny. „Die würden wir erkennen. Und ich weiß auch schon, wo."

„In dem Prozess am Freitag, Bruderherz!", bestätigte Rahel zufrieden und grinste Silas an.

„Gut", sagte Silas. „Nein, sehr gut! Seine Stimme kann man nicht so leicht verändern. Dann hören wir uns das Ganze am Freitag an, und ihr werdet endlich sehen, dass ihr euch irrt."

Er verdrehte genervt die Augen.

„Und jetzt will ich mit Opa spazieren gehen."

Wie auf Bestellung klopfte es in diesem Moment an die Tür, und Peter Schmickler trat ein, um die Detektive abzuholen.

„Na, alle fertig zum ... ?", setzte er an, als Onkel Anton ihn sofort unterbrach.

„P... Papa, W... Werner is in der Z... Zeitung!", stotterte er aufgeregt.

Dann nahm er das Hamburger Abendblatt vom Tisch und hielt es seinem Vater unter die Nase. Sein Zeigefinger tippte auf das Bild des Zeugen.

„D... Das is Werner, sagt Rahel. U... und ich hab das schon in Brehl gesehen!"

Ronny erschrak, und Rahel seufzte. Sie hätte ihren Onkel besser kennen müssen! Er konnte einfach nichts für sich behalten! Jetzt mussten sie Opa doch einweihen. Er würde ganz bestimmt nicht begeistert sein!

BINNENALSTER

Die Detektei und Opa Schmickler hatten die Hauptkirche St. Michaelis – oder den Hamburger Michel, wie das berühmte Wahrzeichen überall genannt wurde – bereits eine ganze Weile hinter sich gelassen. Sie gingen direkt auf die Binnenalster zu. Trotzdem konnte man immer noch den hundertzweiunddreißig Meter hohen Turm der berühmten evangelischen Kirche sehen, wenn man sich umdrehte. Den sah man gefühlt immer, egal, wo man gerade unterwegs war. Und irgendwie hatten sie Opa auch immer noch nicht alles erzählt. Er stellte so viele Fragen zwischendurch, und vor dem Michel hatte er bestimmt fünf Minuten die seltsame Bronzefigur über dem Hauptportal betrachtet, während er ihnen zuhörte. Sie stellte den Erzengel Michael dar, der mit einer Art Drachen kämpfte. Es war trocken, warm und immer noch nicht ganz dunkel. Sie waren nicht allein unterwegs. Offenbar nutzten viele Hamburger und auch die Touristen den Abend für einen Bummel. Es war noch genauso voll wie am Nachmittag, und Silas starrte sehnsüchtig auf die Teilnehmer der Segway-Führung, die gemächlich an ihnen vorbeisurrten.

„Ist das schön!“, staunte Sophia, als sie auf den Jungfernstieg abbogen und plötzlich am Ufer der Binnenalster standen.

Die Lichter, die aus den umliegenden Häusern fielen, spiegelten sich auf dem Wasser. In der Ferne schoss auch im Dunkeln gut sichtbar eine Wasserfontäne empor. Mehrere Scheinwerfer beleuchteten den berühmten Alsterspringbrunnen. Man hörte das Wasser plätschern und einige Möwen schreien. Doch Opa schien die Schönheit nicht zu bemerken.

„Ihr glaubt also, dass Werner eigentlich dieser ... wie hieß der Zeuge noch mal?“, fragte er nachdenklich.

„Axel Assenmacher“, antwortete Sophia leise.

„Ihr glaubt, dass Werner Schrober also in Wirklichkeit Axel Assenmacher heißt und Kronzeuge in dem Prozess gegen diese Hamburger Rockergang ist? Habe ich das richtig verstanden?“

„Na ja, also eigentlich ist es nur Rahel, die das glaubt, Opa“, wehrte Silas sich.

Sophia nickte, aber Ronny schlug sich auf Rahels Seite.

„Ich fürchte, deine Schwester hat recht, Silas. Auch wenn es uns nicht gefällt.“

„I... Ich kenn den, das is Werner“, bestätigte Anton. „W... Werner is das.“

Opa guckte zweifelnd.

„Dein fotografisches Gedächtnis in allen Ehren, mein Sohn“, sagte er. „Aber ich konnte da beim besten Willen keine Ähnlichkeit erkennen. Jeder kann sich mal irren.“

„N... Nö, ich nich!“, grinste Anton.

„Doch, auch du.“

„Ich habe das Bild mal ein wenig bearbeitet“, meinte Ronny und reichte sein Handy an Herrn Schmickler weiter.

„Aha“, sagte Antons Vater und warf einen langen und gründlichen Blick auf das Display. Dann gab er das Smartphone an Ronny zurück, und eine Sorgenfalte erschien auf seiner Stirn. „Und ist euch auch klar, was das für Werner bedeuten würde, wenn ihr recht habt?“, fragte Opa.

Ernst sah er Rahel und Ronny an.

„Was meinst du?", fragte seine Enkelin, doch Sophia verstand sofort, woran Herr Schmickler dachte.

„Wenn wir recht haben, Rahel, dann wäre Werners Tarnung aufgeflogen, so wie bei mir damals", antwortete sie leise. „Der ehemalige Buchhalter meines Vaters wusste, wo ich bin und wie ich mich nenne, und das war gefährlich für mich."

Opa nickte.

„Ganz genau. Es wäre genauso gefährlich für Werner. Seine Tarnung darf nämlich nicht auffliegen. Unter gar keinen Umständen. Das ist der Sinn des Zeugenschutzprogramms. Niemand darf die wahre Identität aufdecken. Auch nicht, wenn der letzte Prozesstag vorbei ist."

Opa seufzte tief und starrte auf das Wasser der Alster. Jetzt war es ganz dunkel, und am Himmel konnte man die ersten Sterne sehen. Sein Polizistenbauchgefühl hatte also richtig gelegen: Es ging den Kindern um mehr als Kultur und Abwechslung in Hamburg!

„Wenn ihr recht hättet mit eurer gewagten Theorie, dann müsste Werner erneut abtauchen. Er würde seine Identität zum zweiten Mal wechseln, alle Kontakte abbrechen, und das heißt: auch den Kontakt zu uns. Wir würden ihn als Pastor verlieren. Ich würde ihn als Freund verlieren."

„Vielleicht irren wir uns ja", sagte Rahel und hoffte plötzlich, dass sie sich alles nur einbildete, so wie Silas es ihr vorgeworfen hatte. Sie wollte nicht, dass Opa so traurig aussah. Er wirkte plötzlich viel älter, und das gefiel ihr nicht. Aber wenn alles so unwahrscheinlich war, wie Silas behauptete, würde Opa dann nicht anders reagieren? Hätte er dann nicht gelacht wie Silas oder wenigstens geschmunzelt?

„Wenn ihr also Freitag wirklich dorthin wollt, um euch die Stimme des Zeugen anzuhören, sollte euch klar sein, was das für Konsequenzen haben könnte, was ... für alle davon abhängt."

„'N... 'Ne ganze Menge", sagte Onkel Anton.

Die Bemerkung passte wieder mal und entlockte Peter Schmickler nun doch den Anflug eines Lächelns. Stumm setzte Opa sich wieder in Bewegung und ging weiter über den neuen Jungfernstieg am Ufer entlang, um die Binnenalster zu umrunden. Jetzt schien er die friedliche Atmosphäre zu genießen. Als sie genau am anderen Ende waren, auf der Lombardsbrücke, blieb er stehen, um die beleuchteten Bürgerhäuser zu betrachten. Die Wasserfläche zwischen ihnen sah aus wie ein kleiner, viereckiger See. Hinter ihnen flitzten die Autos auf fünf Spuren verteilt vorbei. Auch auf den Straßen war immer noch viel los. Opa lehnte sich auf das Geländer aus Stein und zählte die Turmspitzen, die man gerade noch erahnen konnte, weil der Mond so hell schien. Der Michel stand am weitesten weg, war aber trotzdem am besten zu sehen.

„Ich glaube, da unten ist es ruhiger", meinte Ronny und zeigte auf das Alsterufer, das ein paar Meter tiefer unter der Brücke zu ihren Füßen lag. Über einen kleinen Fußweg schlenderten sie direkt zum Wasser. Nur ein paar Gänse schwammen in Ufernähe. Rahel kniete sich auf die Steinkante, um eine Hand in die Alster zu tauchen. Plötzlich klingelte Herrn Schmicklers Telefon. Er entschuldigte sich bei den Detektiven und ging dran.

„Ah, guten Abend, Paul."

„Das ist Papa?!", sagte Silas und runzelte die Stirn. „Was ist denn mit dem los?"

Sein Vater meldete sich sonst nie, wenn er allein zu Hause war und in Ruhe arbeiten konnte. Auch Onkel Anton wusste das.

„I... Is was mit Ca... Caruso?", fragte er besorgt.

Doch Opa Peter schüttelte den Kopf.

„Nein, Anton, es ist alles in Ordnung. Schau dir die schönen Lichter an!“, empfahl er und stellte sich etwas abseits, um in Ruhe telefonieren zu können. Leise sprach er mit seinem älteren Sohn.

„Komm her zu uns, Anton!“, rief Silas.

Er hatte noch weiter links ein paar Bänke entdeckt, die hinter einem einfachen Metallgeländer standen. Dort hatte man auch sitzend einen freien Blick auf die Schönheit der abendlichen Stadt und die immer noch beleuchtete Alsterfontäne. Gutmütig schlenderte Onkel Anton mit ihm. Ronny, Rahel und Sophia folgten langsam. Alle fünf Detektive ließen sich auf den Bänken nieder und bewunderten gemeinsam Hamburg bei Nacht. Nach einer Weile frischte der Wind ein wenig auf und wehte ihnen sanft ins Gesicht. Der Himmel wurde wolkenfrei, und die Sterne funkelten. Ganz schwach hörte man in der Ferne die Schläge der Michelturmuhr. Neun Uhr abends. Nachdem der letzte Glockenschlag verklungen war, stand Silas plötzlich auf und ging an das Geländer.

„Hört ihr das auch?“, fragte er.

„Musik?!“, sagte Sophia und trat neben ihn.

„Ja“, sagte Silas und lauschte. „Das ist ein altes Kirchenlied! *Großer Gott, wir loben dich!*“

„Et prosternés devant toi, nous t'adorons, ô grand Roi!“, sang Sophia leise einen Teil des Liedes auf Französisch mit. „Tatsächlich. Das kenne ich auch.“

„Äh ... Wo kommt das her?“, fragte Silas, der gerne noch länger ihrer Stimme zugehört hätte. Suchend sah er sich um, aber natürlich war kein Straßenmusiker zu sehen. Nur Opa kam zu ihnen. Er war fertig mit Telefonieren.

„Also, wenn der hier in der Nähe wäre, wäre die Musik viel lauter. Meinst du nicht?“, fragte Sophia lächelnd.

„K... Klar“, stotterte Silas.

„Das ist der Türmer vom Michel“, erklärte Peter Schmickler und sah auf die Uhr. „Es ist einundzwanzig Uhr, und dann bläst er immer einen Choral mit seiner Trompete.“

Auch Ronny war jetzt aufgestanden und hatte sich schnell an Sophias einzige noch freie Seite gestellt, bevor jemand anders auf die Idee kam.

„Krass, dass man das bis hierhin hört!“, wunderte er sich laut.

„Ja, aber schön“, sagte Sophia leise.

„Hängt wahrscheinlich von der Windrichtung ab.“

Silas legte die Unterarme auf das Geländer. Sophia tat es ihm nach. Der Wind war jetzt so stark, dass er sogar ihre Locken nach hinten wehte.

„Und von der Windstärke“, ergänzte Ronny und stützte sich ebenfalls auf das Geländer.

Opa beobachtete die drei schmunzelnd. Er steckte sein Handy zurück in die Jackentasche. Gemeinsam lauschten sie den schwachen Tönen, die aus fast zwei Kilometern Entfernung den Weg zu ihnen fanden.

„Der Trompeter bläst in alle vier Himmelsrichtungen“, erklärte Opa, als nach zwei Minuten nichts mehr zu hören war. „Seit dreihundert Jahren. Früher morgens und abends zum Öffnen der Stadttore, heute einfach – zu Gottes Ehre und den Menschen zur Freude“, zitierte er die Tafel zum Turmaufgang des Michel und sah dabei aus, als ob er sich wirklich gerade freute. So gefiel er Rahel viel besser. „Euer Vater lässt euch grüßen“, sagte Opa schließlich. „Und übrigens ... Freitag wird das leider nichts mit dem Besuch der Verhandlung.“

„Was? Wieso nicht?“, rief Rahel sofort. „Hat Papa uns das etwa verboten?“

„Aber nein, Kind, wie kommst du darauf?“, wunderte sich Opa. „Ich habe eurem Vater natürlich nichts von eurem Verdacht erzählt. Ich habe ihn nur gebeten, sich für mich nach dem Verfahren am Landgericht zu erkundigen. Deswegen hat er mich gerade zurückgerufen. Und es ist nun mal so, dass bei Verhandlungen, in denen das Leben eines Zeugen gefährdet ist, die Öffentlichkeit ausgeschlossen wird. Der Prozess findet unter höchsten Sicherheitsvorkehrungen statt, wie ihr selber wisst. Den Paragrafen habe ich vergessen, aber euer Vater war sich sicher, dass ihr da nicht reinkommt. Er hat extra nachgefragt, obwohl er die Antwort ihm Voraus wusste."

„Papa irrt sich bei so was nie", stellte Silas sachlich fest.

„So ein Mist", sagte Ronny.

Rahel dachte ein schlimmeres Wort, aber sie konnte sich gerade noch bremsen.

„Sieht ganz so aus, als müsstet ihr euch leider etwas anderes überlegen", meinte Opa bedauernd. Sein Gesicht sah jedoch dabei ganz zufrieden aus.

DER MICHEL

„I... Ich will meine Kamera wiederhaben!“, verlangte Onkel Anton bestimmt zum zwanzigsten Mal heute. Langsam wurde das lästig. Ronny trug seine neueste Errungenschaft: ein T-Shirt ohne Spruch, dafür aber vom Hard Rock Café Hamburg. Die Dinger konnte man nicht im Internet bestellen, und der Shop lag an den St.-Pauli-Landungsbrücken, war also nicht weit von der Jugendherberge entfernt. Sophia hatte sich auch eins als Andenken gekauft. Aber sie wollte es erst waschen, bevor sie es anzog, und hatte es ordentlich gefaltet in ihrer Handtasche verstaut.

„M... Meine Kamera will ich haben“, wiederholte Anton. „W... Wie soll ich denn sonst Fotos machen?“

Die Detektive standen direkt vor dem Hamburger Michel. Heute wollte Onkel Anton unbedingt auf den hohen Turm der Barockkirche. Von der Aussichtsplattform gab es den schönsten Rundumblick über den Hafen und ganz Hamburg.

„Die Polizei tut bestimmt ihr Bestes!“, tröstete Sophia.

„Tja, das denke ich auch, aber die können sich in so einer großen Stadt auch nicht tagelang um jeden kleinen Diebstahl kümmern“, überlegte Ronny.

„D... Die Kamera war nicht klein!“, stellte Anton Schmickler klar. „G... Groß war die!“

„Ja, natürlich, aber im Vergleich zu Autodieben oder Schmugglern oder Drogenhändlern oder Gewaltdelikten ist es halt keine so große Sache. Der Schaden für den Einzelnen ist gering, wenn man ihn in Euro berechnet.“

„Klar, die Polizei hat bestimmt oft Wichtigeres zu tun. Denk mal an die ganzen Verkehrsunfälle, die es hier garantiert gibt. Da wird die Polizei auch oft gerufen“, ergänzte Silas.

„D... Das ist mir doch egal!“, schimpfte sein Onkel.

„Passen die nicht auch bei den Fußballspielen auf?“, fragte Sophia ihn.

„J... Ja! Das machen die“, bestätigte Anton, und sofort wurde seine Laune besser, denn mit Polizei und Fußball kannte er sich aus. „I... Im Stadion sind die auch. Im Volksparkstadion. D... Das macht die Bereitschaftspolizei. Ganz viele sind das.“

„Na, siehst du. Morgen ist doch der große Tag, das Bundesligaspiel!“, sagte Sophia.

Onkel Anton strahlte.

„D... Drei eins sag ich! Drei zu eins für die Borussen!“

Ronny nickte.

„Und zum Wochenende reisen bestimmt noch mehr Touristen an. Da wird die Stadt prall gefüllt sein. Die haben alle Hände voll zu tun auf den Polizeiwachen, oder? Was meinst du Rahel?“, fragte Ronny.

„Hä?“

Silas’ Schwester hatte nicht zugehört. Sie überlegte immer noch, wie sie jetzt bloß die Stimme des Kronzeugen hören könnten. Die halbe Nacht hatte sie deswegen wach gelegen.

„Was meinst du dazu?“, wiederholte Ronny die Frage.

„Ich finde, wir sollten zur Arche, um Werner da zu treffen. Je schneller, desto besser.“

Schließlich sind wir deswegen hergekommen, dachte sie.

„Rahel!", sagte Silas empört. „Du weißt doch, was Opa gesagt hat. Können wir uns nicht lieber um die Taschendiebin kümmern? Das hat deutlich mehr Aussicht auf Erfolg. Ich dachte, du wolltest deine Tasche von Oma auch wiederhaben?"

Rahel sagte nichts, aber sie sah nicht so aus, als wollte sie nachgeben.

„Kannst du nicht mit deinem Smartphone Bilder machen? Wie wir auch?", schlug Sophia Onkel Anton vor, um ihn und sich abzulenken. Sie mochte keinen Streit.

„N... Nö", meinte Anton. „Die sind nich so gut."

Ronny runzelte die Stirn.

„Kann ich dein Handy mal sehen? Vielleicht stimmt irgendetwas mit den Einstellungen nicht. Normalerweise machen die richtig gute Bilder."

„K... Klar, zu Hause", antwortete Onkel Anton und meinte die Jugendherberge.

„Du hast dein Handy in der Jugendherberge gelassen?"

Anton nickte.

„Tja, dann muss ich wohl nachher gucken", seufzte Ronny.

„Anton, dein Handy sollst du doch eigentlich immer dabeihaben!", sagte Silas.

„W... Will ich aber nich", meinte Anton und verzog sich aus Silas' Nähe. Silas guckte auf seine Uhr.

„Die Arche war für heute Nachmittag abgemacht, Rahel", sagte er. „Ich fahre jetzt mit Anton auf den Turm. Basta. Und danach überlege ich, was wir mit der Taschendiebin machen."

„Du willst nicht im Ernst den Fahrstuhl nehmen, oder?", fragte Rahel Silas.

„Wie soll ich denn sonst da hochkommen, Schwesterchen? Es sind vierhundertzweiundfünfzig Stufen!", protestierte ihr Bruder.

Rahel schüttelte den Kopf, aber Anton grinste und rieb sich die Hände.

„I... Ich fahre auch“, bestimmte er und schlenderte in Richtung Haupteingang.

Nur ein paar Minuten später und hundertsechs Meter über der Elbe bot sich den Kindern und Onkel Anton ein traumhafter Ausblick. Der Eintritt hatte sich gelohnt. Die Dreihundertsechzig-Grad-Aussicht war fantastisch. Rahel und Ronny schnauften noch ein bisschen.

„Bild dir bloß nichts ein“, sagte Rahel und pustete sich eine Haarsträhne aus dem geröteten Gesicht. „Du hast schließlich die längeren Beine.“

Ronny runzelte die Stirn.

„Ich habe doch gar nichts gesagt. Du warst ganz schön schnell für ... “

Gerade noch rechtzeitig biss er sich auf die Lippen.

„Für ein Mädchen?! Na super!“

„Du wolltest den Wettlauf die Treppen hoch“, stellte Ronny fest.

Rahel wandte sich von ihm ab und ging zu ihrer Freundin hinüber. Sie war ebenfalls mit dem Aufzug gefahren.

„Guck dir das an“, sagte Sophia. „Ist das nicht klasse? Bei Tageslicht sieht man viel mehr Einzelheiten!“

„Mhm“, murmelte Rahel und starrte auf den Hafen.

„Du musst schon richtig gucken! Und die Luft einatmen.“

„Nee, die stinkt nach Fisch!“

Sophia stutzte, dann sah sie sich um und lachte.

„Quatsch, das stimmt nicht, das kommt von dem hinter dir mit dem Fischbrötchen“, flüsterte sie kichernd.

Aber Rahel lachte nicht mit. Jetzt gab auch Sophia auf. Dann sollte Rahel halt schmollen! Sie genoss jedenfalls den Blick in alle vier Himmelsrichtungen. Es war kalt hier oben, aber die

Sonnenstrahlen wärmten, jedenfalls wenn sie es durch die Wolken schafften. Zum Glück sollte es erst heute Nachmittag regnen. Im Sonnenschein sah es so aus, als trüge die alte Dame Hamburg ein Kleid aus glitzernden Häusern. Hafen und Elbe, in Blau und Braun schimmernd, lagen wie Schmuck um ihren Hals. In der anderen Richtung entdeckte Sophia einen breiten Grüngürtel aus Bäumen. Direkt zu ihren Füßen pulsierten Fahrräder, Autos und Busse durch die Adern der Stadt. Das Herz der Hamburger Innenstadt schlug schon morgens laut, doch von hier oben ließ sich das Treiben gelassen beobachten. Der Lärm war ausgebremst. Nur der Wind pfiff und wirbelte Sophias Haare durcheinander. Konnte Rahel die Schönheit der Stadt nicht sehen? Wo hatte sie bloß ihre Augen gelassen?

„D... Das is das Millerntorstadion. D... Da spielt St. Pauli", sagte Anton zu sich selbst und schlenderte zu einem der großen Ferngläser, die fest auf der Plattform installiert waren. Doch leider funktionierten sie nicht, ehe sie mit Geld gefüttert wurden. Rahels Onkel kramte in der Hosentasche, fand aber nichts. Daraufhin starrte er unschlüssig in die Ferne.

Silas hatte sich sogar ein kleines Fernglas von Opa geliehen und bot es gerade Rahels Freundin an, als plötzlich das Läutwerk nicht weit über ihnen zu knacken und zu vibrieren begann. Kurz darauf erklang ein lauter Glockenschlag.

„Das ist laut!", rief ein kleiner Junge und rannte weinend zu seiner Mama.

Auch Sophia erschrak erst und hielt sich dann lachend die Ohren zu. In ihrem Bauch brummte es. Den anderen schien es ähnlich zu gehen. Drei weitere helle Töne zeigten die volle Stunde an, bevor die Hauptglocke dröhnend elf Schläge von sich gab. Nur Rahel starrte auf einen kleinen Park unterhalb des Michels, die sogenannte Michelwiese. In der Mitte befand sich ein Springbrunnen. Der letzte Glockenschlag war kaum verklungen, da streckte Silas' Schwester den Arm aus und zeigte hinunter auf die Bänke und den kleinen Pavillon vor dem Park.

„Hey! Da! Guckt euch das an!“, rief sie.

„Wo?“, fragte Sophia und blickte über das Geländer.

Doch Rahel gab keine Antwort, sondern drehte sich um und sprintete die Treppen hinunter. Sie lief und sprang, als sei ihr Ronny auf den Fersen und als wolle sie ihn diesmal unbedingt besiegen. Doch keines der anderen Mitglieder der Detektei Anton war ihr gefolgt. Dafür war alles zu schnell gegangen; erst als Rahel schon auf halbem Wege nach unten zur Seitentür war, entdeckte Ronny, worum es ging.

„Da, Sophia!“, sagte er und fasste an das Fernglas, das sich Rahels Freundin vor die Augen hielt. Vorsichtig schwenkte er es in die Richtung, in die Rahel gedeutet hatte. „Die Kapuzenfrau!“, rief Sophia. „Ich kann sie deutlich erkennen.“

„Die aus ‚Planten un Blomen‘?“, fragte Silas überrascht.

„Ja, und sie zerrt wieder an jemandem rum! Da unten, etwas unterhalb des Bürgersteigs, auf der Wiese!“

„Oha, das ist eine alte Frau“, sagte Sophia erschrocken.

Sie konnte sie deutlich durch das Fernglas sehen. Auf einmal schrie sie leise auf.

„Jetzt ist sie hingefallen!“, sagte Silas, denn das sah man auch mit bloßem Auge.

„Die... Die Kapuzenfrau?“, fragte Anton.

„Nein, die Oma. Die mit der Kapuze hat sich, glaube ich, auch erschrocken. Sie guckt dahin.“

„Da! Da ist auch der Mann auf dem Fahrrad!“, rief Ronny. „Er fährt an dem kleinen Haus mit dem grünen Dach vorbei. Das Haus direkt an der Bushaltestelle. Siehst du das, Silas?“

Ronny rammte seinem Freund den Ellbogen in die Seite.

„Au! Ja doch, ich sehe den Pavillon und den Radfahrer. Er fährt sehr langsam und guckt sich um. Der wartet auf etwas. Eindeutig.“

„Ich weiß auch, worauf“, sagte Ronny. „Oh, Mann! Das ist das gleiche Fahrrad. Das hatte er in ‚Planten un Blomen‘ auch ... Und wir können nichts machen!“

„Jetzt läuft die Kapuzenfrau auf den Pavillon zu“, sagte Sophia und nahm das Glas von den Augen. „Genau dahin, wo der Fahrradfahrer wartet.“

„Gleich springt sie wieder auf den Gepäckträger, wetten!?“, sagte Ronny. „Die kriegt Rahel nicht.“

„Bingo!“, sagte Silas. „Die sind weg.“

Sophia griff nach ihrem Handy und wählte mit zitternden Fingern den Notruf. Silas nahm ihr das Fernglas ab.

„Sehr gut, du rufst die Polizei, wir fahren runter und gucken, ob wir helfen können“, sagte er.

Sophia nickte und wartete, dass am anderen Ende abgenommen wurde. Sie konnte den Fahrradfahrer und seine Passagierin nicht mehr sehen, die unter den wachsamen, aber hilflosen Augen des Erzengels über das Kopfsteinpflaster der Englischen Planke flüchteten. Weder Michael noch sein Kollege, der überlebensgroße Martin Luther, der gleich um die Ecke an der Kirchenwand lehnte, konnte sie daran hindern. Sie waren beide leider nur aus Kupfer und fest an ihren Sockel geschweißt.

Als Silas und Ronny aus dem Michel kamen, hatte Rahel sich schon zusammen mit einem anderen Touristen um die alte Dame gekümmert. Sie war sehr aufgebracht und fuchtelte mit ihrem Stock in der Luft herum.

„Na warte, du Bürschchen!“, schimpfte die winzige Frau.

Sie war noch kleiner als Sophia, aber ein wahres Energiebündel. Ihre sorgfältig gedrehten Locken saßen auch nach dem Sturz noch einwandfrei, und ihre Augen funkelten. Aber ihr linker Arm baumelte seltsam kraftlos von ihrer Schulter. Drei weitere Touristen klopften mit Panik in den Gesichtern sämtliche Hosen- und Jackentaschen ab.

„Mein Geld!", stöhnte der eine.

„Mein iPhone!", sagte der andere.

Nur der Dritte schwieg. Der Helfer hatte die alte Dame zu einer Bank geführt, und sie setzte sich. Jetzt hielt sie sich den Arm. Rahel kam zu Silas und Ronny.

„Sie hat sich wohl an der Schulter verletzt. Der Mann, der ihr geholfen hat, ist Arzt. Er hat schon einen Rettungswagen gerufen und bleibt bei ihr, bis die kommen", informierte sie die Jungs.

„Das war das Pärchen, das auch deine Tasche hat, oder?", fragte Ronny, und Rahel nickte. „Sophia hat schon die Polizei verständigt. Vielleicht waren wir diesmal schnell genug", meinte er.

„Hoffentlich. Wie hast du die nur von da oben entdeckt, Rahel?", fragte Silas.

Sirenengeheul näherte sich dem Michel. Touristen und Hamburger blieben stehen und sahen sich suchend um.

„Ich weiß nicht. Die war einfach auffällig, so wie sie sich bewegt hat. Sie hat gar nicht hochgeguckt wie die anderen Touris. Alle gucken doch zum Turm oder der großen Uhr. Und sie hat sich irgendwie sinnlos unten auf der Parkwiese bewegt, so im Zickzackkurs. Vielleicht war es das. Trotzdem war ich zu spät. Die Oma war schon gestürzt, als ich hier unten ankam", berichtete Rahel ihren Freunden.

„Von oben sah es aus, als hätte die Diebin gezögert wegzulaufen, stimmt das?", fragte Sophia, die mittlerweile mit Onkel Anton auch zu ihnen gestoßen war.

Ein Polizeiwagen mit Blaulicht bog mit quietschen Reifen und Tatütata auf die Englische Planke und fuhr ein Stück auf den Fußgängerweg hinunter zu dem Verlagsgebäude am anderen Ende. Ein weiterer Streifenwagen hielt an der Bushaltestelle vor dem Michel. Zwei Polizisten sprangen heraus und liefen zum Pavillon an der Michelwiese. Die drei bestohlenen Touristen gingen auf sie zu und redeten bald eifrig auf sie ein, aber nur einer der Beamten hörte zu. Der andere ging hinüber zu der alten Dame.

„Ja", antwortete Rahel nachdenklich und drehte sich wieder zu Sophia um. „Es war wirklich so. Ich konnte wieder kurz in ihr Gesicht gucken. Sie hat so ausgesehen, als täte ihr die alte Frau leid. Aber dann ist sie trotzdem weggelaufen."

„Warum taucht die immer da auf, wo wir sind?", fragte Silas.

„Zufall?", meinte Ronny.

„B... Bisschen viel Zufall", sagte Onkel Anton.

„Gib mal bitte den einfachen Stadtplan aus der Jugendherberge", bat Ronny.

Sophia holte den akkurat gefalteten Zettel aus ihrer Handtasche.

„Hast du auch einen Stift?"

Prompt hielt Sophia Ronny einen Kugelschreiber hin.

„*Merci!*", sagte Ronny.

„*De rien*", sagte Sophia lächelnd.

Nun suchte Ronny auf dem Stadtplan von Hamburg die Orte heraus, an denen sie der Diebin begegnet waren, und kreiste sie blau ein. Dann zog ein Lächeln über sein Gesicht. Er zeigte Sophia und Silas den Stadtplan.

„Da steckt ein System hinter!", stellte Ronny fest. „Die blauen Kreise liegen alle auf einer Linie!"

„Genau", sagte Silas. „Und es sind alles Touristenattraktionen. Die ist jeden Tag woanders! Und sie wandern von Nordwesten nach Südosten."

„Na klar!", sagte Sophia. „Wenn wir wissen, was noch weiter auf dieser Linie liegt, dann wissen wir, wo sie morgen sind! Meinst du das?!"

Ronny zuckte die Schultern.

„Moment!“, mischte sich Rahel ein. „Vielleicht war die das gar nicht im Zoo. Da habe ich vielleicht nur eine ähnliche Frau gesehen. Was ist, wenn ich mich irre?“

„Das klang aber neulich noch ganz anders Rahel“, protestierte Silas. „Als wir die Polizeiwache verließen, nach dem Zwischenfall in ‚Planten un Blomen‘, da warst du dir ganz sicher.“

„Sauer, Sherlock, weil ich vor dir eine gute Idee hatte?“, fragte Ronny.

„Quatsch!“, protestierte Rahel, obwohl Ronny genau ins Schwarze getroffen hatte. „Das ist jetzt halt nur schon ein paar Tage her. Aber ja, ich gebe zu, die Idee ist gut. Die könnte von mir stammen.“ Sie grinste entschuldigend. „Wenn die Diebe so weiter machen und wir etwas Glück haben, dann klappt es vielleicht, sie zu schnappen.“

„W... Wir müssen beten“, verlangte Onkel Anton. „I... Ich will meine Kamera wiederhaben!“

„Ja, das machen wir, Anton“, stimmte Silas zu. „Auch wenn Gott nicht immer alle unsere Wünsche erfüllt. Aber erst brauche ich was Süßes auf den Schrecken. Ich habe dahinten, keine zweihundert Meter von hier, ein kleines Eiscafé gesehen.“

„Hallo!? Du bist ja wohl nicht überfallen worden“, sagte Rahel entrüstet. „Und hast im Aufzug gestanden, während ich die Treppen hoch- und runtergerannt bin!“

„Ja, aber das mitanzugucken war aufregend genug. Und Aufregung lässt den Zuckerspiegel sinken“, behauptete ihr Bruder.

Ronny lachte und haute seinem Freund auf die Schulter.

„Okay, Kumpel! Wir essen ein Eis, und dabei gucken wir uns in Ruhe den Stadtplan an und checken, was für Sehenswürdigkeiten es weiter im Südosten gibt!“

DIE ARCHE

Während des Mittagessens, das sie mit Opa zusammen in dem Restaurant genau dem Michel gegenüber einnahmen, hatte sich der Himmel der Hansestadt mit dunklen Wolken verhüllt. Im Handumdrehen gab es so viele davon, dass man kein Fleckchen Blau mehr sah, egal, wie viel Mühe sich der norddeutsche Wind auch gab, sie auseinanderzujagen. Selbst nach einer Viertelstunde Regen wurde es nicht heller. In der vom Boden bis zur Decke mit dunklem Holz getäfelten Gaststätte fühlte man sich bei diesem Wetter, als säße man unter Deck eines alten Segelschiffes mitten auf dem Meer. Niemand hatte Lust, einen Fuß vor die Tür zu setzen und da draußen unterzugehen.

„Boah, is das ein Wetterchen!", sagte Onkel Anton. „W... Was haste denn da für'n Wetter bestellt, Sophia?"

Sophia schmunzelte.

„Jo, dat is uns heel bekanntes Schietwedder. Man dat höört nu mal to Hamborg as de Michel un de Reeperbahn", erklärte der Kellner leicht näselnd, der gerade an den Tisch trat. „Man keen Bang, dat höört ok glieks wedder op", war er sich sicher. „Bi uns ännert sik dat Wedder alle fief Minuten."*

Um das zu wissen, musste der Hamburger, der etwa in Opas Alter war, nicht einmal aus dem Fenster sehen. Stattdessen sammelte er alle Teller ein und balancierte sie geschickt mit der linken Hand, während seine Rechte die leeren Gläser auf ein Tablett stellte und es aufnahm. Dabei stand er so aufrecht wie die alte Galionsfigur hinter ihm, die wahrscheinlich schon schlimmeres Wetter gesehen hatte. „Kann ik de Herrschaften noch wat bringen?“, fragte er. „Vellicht een Tass Koffi?“*

„Ein Kaffee wäre prima“, bestellte Opa. „Und auch gleich die Rechnung, bitte.“

„Een Koffi un de Reken, bannich geern“*, wiederholte der Kellner, nickte höflich und entschwand Richtung Küche.

„Schade, dass die Polizei noch nicht weitergekommen ist“, sagte Herr Schmickler. Er wusste mittlerweile über den Vorfall am Michel Bescheid. „Habt ihr erwähnt, dass es dieselbe Täterin war?“, fragte er.

„Ja“, bestätigte Sophia. „Wir haben es den Beamten gesagt, bevor sie wieder wegfuhren.“

„Sehr gut, das ist nämlich eine wichtige Information.“

„Wir haben uns das mal auf dem Stadtplan angeguckt, Opa“, begann Silas, als er unter dem Tisch einen Tritt vor das Schienbein erhielt.

Er unterdrückte einen Schmerzensschrei und guckte Rahel nur fragend an. Sie schüttelte unmerklich den Kopf.

„Äh, wir haben uns den Weg zur Arche angeschaut, Opa!“, sagte sie, als hätte Silas gerade genau davon gesprochen.

„Joon Koffi, de Herr.“*

Der Kellner war mit einem Kaffee zurück und legte auch die gewünschte Rechnung vor Herrn Schmickler auf den Tisch.

„Vielen Dank“, sagte Opa.

Dann war er mit Bezahlen beschäftigt und bemerkte nicht, wie seine Enkel weiter ohne Worte stritten.

„Wir müssen nur zu Fuß zurück zu den Landungsbrücken. Von dort sind wir mit der S3 in einer guten halben Stunde da", erklärte Rahel schließlich laut.

„Wollt ihr da heute schon hin? Die Konferenz beginnt doch erst morgen richtig", meinte Opa und nahm einen Schluck von dem guten Hamburger Kaffee. *Aus Freude am Leben* stand auf dem kleinen, runden Papieruntersetzer.

„Ja, aber heute ist da ein Musikabend für alle, die schon eher angereist sind", wusste Ronny.

„Und für Jugendliche", ergänzte Rahel.

„D... Die wollen gucken, o... ob Werner da ist", erklärte Onkel Anton bereitwillig, und Rahel schloss kurz die Augen. Ihr Onkel musste wirklich alles ausplaudern!

„Ach so! Aber wenn ihr Werner treffen wollt, braucht ihr ihn doch bloß anzurufen. Sonst fahrt ihr ja ganz umsonst. Warte, ich habe seine Handynummer."

Opa tastete nach seinem Smartphone.

„Jaaaa, aber wir ... wir wollen ihn nicht stören", meinte Rahel.

„Ah, ihr wollt ihn überraschen", verstand Opa und ließ das Handy in der Hosentasche.

„So ähnlich", gab Rahel zu und grinste Opa schief an.

In Wirklichkeit war sie nur neugierig, wie er reagieren würde, wenn er sie alle so plötzlich sah, und ob er nervös werden würde, wenn sie ihm endlich die Fragen stellen konnte, die sie sich heute Nacht ausgedacht hatte.

„Dann kommt ihr also nicht mit in das Miniatur Wunderland in der Speicherstadt?", fragte Opa und klang etwas enttäuscht. „Die Frau am Telefon hat gesagt, man soll einen halben Tag einplanen."

Silas schüttelte stumm den Kopf. Die Speicherstadt wollten sie sich für morgen früh aufbewahren. Sie war die Attraktion, die auf der gedachten Linie der Überfälle der Taschendiebin als Nächstes in Richtung Südosten lag. In der Eisdiele waren sie sich alle einig gewesen. Aber es war unwahrscheinlich, dass dort heute noch etwas passieren würde. Also mussten sie morgen dahin, auch wenn die Chance äußerst gering war. Aber das behielt er besser für sich, wenn er nicht noch einen Tritt vor das Schienbein riskieren wollte. Trotzdem zog er vorsichtshalber die Beine unter den Stuhl. Der näselnde Kellner kassierte am Nachbartisch.

„Richtig, und irgendwie ... also, irgendwann haben wir jetzt auch mal genug gesehen", versuchte Rahel zu erklären.

„Irgendwie, irgendwo, irgendwann", sagte Onkel Anton.

Opa lachte.

„Ich verstehe schon. Zu viel Sightseeing, oder wie ihr das nennt, ist nichts für euch junge Leute."

Er holte sein Portemonnaie heraus, um endlich die Rechnung zu bezahlen.

„De Nena is ja ok al mal hier ween", erklärte der Kellner. Er war herübergekommen und griff nach der leeren Kaffeetasse. „Jüstemang an düssen Disch hett se seten, de Nena."*

Die Kids guckten fragend.

„Nena hat an diesem Tisch gesessen", sagte der Kellner auf Hochdeutsch, doch die Kinder hatten immer noch nicht verstanden, denn sie kannten die berühmte Popsängerin nicht.

„V... Von der is doch das Lied!", erklärte Anton. „D... Die hat das gesungen."

„Welches Lied?", fragte Ronny.

Doch Sophia verstand. Anton hatte gerade nicht gestottert, also hatte er höchstwahrscheinlich einen Liedtext zitiert.

„Irgendwie, irgendwo, irgendwann?", fragte sie.

Rahels Onkel nickte. „De Nena, de Nena. P... Papa, die hat hier gesessen!"

Opa stand auf.

„Schon gut, Anton, dann machen wir uns eben einen schönen Männernachmittag."

„Jau!", stimmte sein Sohn zu. „M... Mit de Nena."

Der Kellner wandte sich schmunzelnd ab.

Tatsächlich hörte der Regen kurz auf, als die vier Jugendlichen das Restaurant verließen. Erst als sie in der S3 saßen, war draußen wieder Land unter. Die restlichen zehn Minuten Fußweg konnten sie im Sonnenschein zurücklegen.

„Der Mann hat recht. Hier ändert sich das Wetter andauernd", stellte Ronny fest, als sie vor dem Gebäude der Freikirche standen und es wieder anfing zu regnen. Der helle, moderne Bau mit Tiefgarage lag mitten in einem Industriegebiet. Der Straßenrand war übersät mit Pkws. Kein einziger Parkplatz war mehr frei.

„Wow, nicht schlecht", staunte Silas. „Das ist noch größer als unsere alte Gemeinde in Dortmund. Vielleicht können wir schon rein."

Im Gebäude wuselten überall Leute herum.

Rahel ging zur Information. Aber sie brauchten gar nicht weiter zu fragen, denn genau geradeaus lag der große Saal, und der war unübersehbar. Nicht nur Sophia staunte. Dieses Haus sah so ganz anders aus als jede Kirche, die sie kannte. Allein die beeindruckende Technik, die an der Decke hing! Mit den Scheinwerfern, Metallstreben und Kabeln erinnerte das eher an eine Lagerhalle als an einen Raum für Gottesdienste. Doch wenn man auf den sauberen roten Teppich überall auf dem Boden blickte und die riesige, halbrunde Bühne ganz vorne sah, zu der durchgängig Stufen hinaufführten, dann fühlte man sich eher in einen Theatersaal versetzt. Das warme Licht an der Wand hinter der Bühne, der herrliche Flügel und das schlichte, indirekt beleuchtete Kreuz gaben dem Raum den perfekten Rahmen für Gottesdienste. Sophia drehte sich um. Es gab sogar eine Art Balkon, auf dem noch mehr Menschen sitzen konnten. In den Kirchen, die sie gewohnt war, nannte man das Orgelempore. Doch die Orgel fehlte hier. Also hieß der Balkon wohl nur Empore. Oder vielleicht Rang? Wie im Theater? Doch in einem Theatersaal gab es keine Fenster! Hier jedoch fiel Tageslicht in den Raum. Du meine Güte! Wie viele Leute passten bloß in diesen Saal?

„Mega?! Oder?“, fragte Silas.

Er schien ähnlich beeindruckt zu sein wie Sophia und verschlang die verschiedenen Instrumente, die schon auf der Bühne aufgebaut waren, förmlich mit den Augen: ein glänzend schwarzer Konzertflügel, ein E-Piano, mehrere Gitarren, ein Schlagzeug, und an einem hohen Hocker lehnte ein Kontrabass. Mehrere Mikrofone und sogar eine große Filmkamera standen auf Ständern. Das Mischpult hier musste gigantisch sein! Ronny nickte bewundernd.

„Tja, da könnte die SEGE sich mal eine Scheibe von abschneiden“, kritisierte Rahel. „Wir sind total altmodisch.“

„Quatsch! So viel brauchen wir doch gar nicht“, wehrte Silas ab. „Unser Saal ist viel kleiner, und Mamas Stimme würde auch diese Halle ohne Mikro füllen.“

„Na sicher! Und warum starrst du dann da so sehnsüchtig hin?!“

Silas seufzte.

„Ein Flügel wäre schon toll“, gab er zu.

„Ich nehme das Schlagzeug und die Kamera“, meinte Ronny.

„Oh, hallo, Werner!“, sagte Sophia.

Sie hatte als Einzige den Pastor der SEGE gesehen, der sich ihnen von hinten genähert hatte. Rahel fuhr herum. Mist, sie hatte sich ablenken lassen! Sie war nicht hier, um die ausgefeilte Technik und den Saal zu bewundern!

„Na, sieh mal einer an", begrüßte Werner die Detektive. „Was macht ihr denn hier?"

Er wirkte ganz harmlos und unbekümmert. Aber das musste nichts heißen, denn anders als geplant hatte er sich auf die Begegnung vorbereiten können, weil er sie zuerst gesehen hatte. Rahel streckte die Hand aus.

„Hallo, Werner! Wie schön", sagte sie und ärgerte sich über ihre Unachtsamkeit.

Der Pastor ergriff ihre Hand automatisch. Sein Händedruck war feucht und kalt. Also war er doch aufgeregt!?

„Habt ihr schon alle Sehenswürdigkeiten in Hamburg durch?", fragte Werner und sah Rahel in die Augen.

„Ja, äh, nein", stotterte sie und ließ Werners Hand los. „Die ... Die Speicherstadt fehlt noch, aber die machen wir morgen früh."

„Ah, die lohnt sich."

„Ja, und Samstagmorgen sind wir mit Mama zu einer Führung in der Elbphilalo... Elbphilharmonie und abends bei ihrem Konzert in Altona."

„Da wünsche ich euch allen viel Spaß."

„Und? Was machst du morgen so?", fragte Rahel wie beiläufig.

Werner kniff die Augen zusammen.

„Ihr wisst doch, dass ich auf dieser Pastorenkonferenz angemeldet bin. Ich bin natürlich hier", sagte er.

„Ah, natürlich!", rief Rahel und wurde rot. Doch die Röte kam nicht daher, dass sie sich schämte, nein, sie hatte gerade einen Geistesblitz gehabt. „Natürlich", wiederholte sie. „Entschuldige die dumme Frage!"

Mannomann! Sie hatte völlig in die falsche Richtung gedacht! Sie brauchten die Stimme des Zeugen überhaupt nicht zu hören! Sie mussten nur Werner morgen früh beobachten! Wenn Werner am Freitag hier war, konnte er nicht gleichzeitig im Gerichtssaal seine Zeugenaussage machen! Das war doch völlig logisch. Wenn er hier war, dann brach ihre Theorie zusammen. Wenn er aber nicht in der Arche auftauchte, obwohl er angeblich extra für die Pastorenkonferenz angereist war, dann ...

„Wann beginnen denn die Vorträge morgen?", fragte Silas.

„Um zehn geht das Vorprogramm los, und um elf spricht John Piper zum ersten Mal", gab Werner bereitwillig Auskunft. „Warum? Wollt ihr etwa auch zuhören?"

Rahel schüttelte den Kopf.

„Nein, wir sind ja in der Speicherstadt, aber ... aber Opa vielleicht."

Silas bemühte sich, nicht überrascht zu wirken. Hatte er nicht zugehört, als Opa das erzählt hatte, oder dachte Rahel sich das gerade aus?

„Elf Uhr!", wiederholte er und begriff plötzlich. Die Kronzeugenaussage war genau auf elf Uhr angesetzt, hatte im Hamburger Abendblatt gestanden. „Ich werde Opa Bescheid sagen."

„Das kann man auch im Internet nachlesen", sagte Werner.

„Ah, Internet ist nicht so Opas Ding", winkte Rahel ab.

„Na, dafür hat er ja euch!"

Werner versuchte zu lächeln. Aber es gelang ihm nicht so richtig. Nervös fuhr er sich mit dem Finger ins Gesicht und strich sich über die kleine Narbe auf dem linken Wangenknochen. Als er bemerkte, dass Sophia ihn erschrocken anstarrte, ließ er die Hand schnell wieder sinken.

„Äh, eine Erinnerung an meine Windpockenerkrankung", sagte er. „Manchmal bilde ich mir ein, es juckt immer noch", erklärte er schnell. „So, jetzt muss ich aber. Bin noch mit einem Kollegen verabredet. Viel Spaß in der Speicherstadt morgen!"

„Windpocken! Alles klar", sagte Ronny leise, als Werner verschwunden war. „Wer von euch glaubt das?"

Niemand antwortete mit Ja. Silas kniff die Lippen zusammen.

„Eine Windpockennarbe sieht anders aus", sagte er dann und war sich sehr sicher, denn Tabea, seine große Schwester, hatte tatsächlich eine auf der Stirn.

Während die Detektei die Musik in der Arche-Gemeinde genoss und ihre Pläne für den nächsten Morgen besprach, verbrachte Pastor Werner Schrober den Rest des Tages in einer kleinen Mietwohnung in Hamburg-Stellingen. Zwei Männer waren bei ihm. Sie trugen Waffen und beobachteten schon ein paar Minuten, wie der, den sie bewachten, langsam auf- und abmarschierte wie ein Tiger im Käfig. Dabei starrte er auf die Wände der Wohnung, als wären sie Gitterstäbe, die ihn von der Freiheit da draußen aussperrten. Ab und zu blieb Werner stehen, legte das Gesicht in die Hände und schickte ein Stoßgebet zum Himmel. Das konnte ein Tiger nicht.

„Sie sollten etwas essen", sagte der Mann, der auf dem schlichten grauen Sofa saß, beiläufig.

Er war jung, schlank und fit. Doch Pastor Schrober schüttelte nur stumm den Kopf und nahm seinen Weg durch die Wohnung wieder auf.

„Danke. Ich kann nichts essen", lehnte er ab.

„Es war Ihre Entscheidung, sich diesem zusätzlichen Stress auszusetzen", erinnerte der andere Mann.

Er war einige Jahre älter als der auf dem Sofa und um ein paar Kilos fülliger. Lässig lehnte er sich in der Küche an die Arbeitsplatte. „Sie mussten ja unbedingt vorhin in diese komische Kirche rennen, diese ... Wie heißt das Ding?"

„Arche", sagte der junge Kollege.

„Ja, ich weiß. Es tut mir leid, dass ich Ihre Arbeit schwieriger gemacht habe, aber ich brauchte jemanden zum Beten", entschuldigte sich Werner und seufzte.

„Wir hätten Ihnen schon Kontakt zu einem Seelsorger vermittelt. Jedenfalls, wenn Sie uns darum gebeten hätten, anstatt auf eigene Faust zu handeln", sagte der Mann aus der Küche. „Das ist nicht dasselbe", meinte Werner ruhig.

Er hatte einen Gebetspartner gebraucht, der wusste, zu wem er betete, der seinen Gott so kannte, wie er ihn kannte, einen wie den Pastor der Arche. Werner lächelte, ohne es zu bemerken, als er an seinen Vater im Himmel dachte, und der junge Mann auf dem Sofa wunderte sich über den entspannten Ausdruck, der auf einmal auf dem Gesicht des Pastors lag.

„Was ist, wenn Peter Schmickler tatsächlich morgen früh in der Arche auftaucht?", fragte Werner den älteren Mann.

„Dann passt das ganz hervorragend! Noch bleibt alles wie besprochen. Sie können ganz beruhigt sein, niemand wird Sie dort vermissen! Dafür sorgen wir schon. Konzentrieren Sie sich auf Ihren Job morgen."

„In Ordnung", sagte Werner und setzte sich endlich neben den jungen Mann auf das Sofa. Er lehnte sich nach hinten und schloss die Augen.

„Ich habe gelogen", sagte er leise, und es klang, als täte ihm etwas weh.

Doch sein Sitznachbar schüttelte den Kopf.

„Das war keine Lüge, Herr Schrober. Das war eine Notwendigkeit. Denn Werner Schrober hatte als Kind Windpocken. Das ist eine Tatsache. Alles andere müssen Sie vergessen oder ..."

Werner seufzte. Dann sah er den jungen Mann mit seinen stahlblauen Augen aufmerksam an.

„Ich werde es vergessen. Wissen Sie, dieses Leben ist mir sehr wichtig. Ich würde es gerne behalten."

„Wir tun unser Bestes, und alles wird gut", sagte der Mann aus der Küche. „Jedenfalls, wenn Sie uns nicht wieder dazwischenfunken und auf eigene Faust davonlaufen."

DIE SPEICHERSTADT

„Das ist völlig unmöglich!“, stöhnte Sophia. „Wie sollen wir hier denn überhaupt irgendjemanden finden?“

Es war etwas nach neun Uhr morgens, und die Detektei stand auf der Poggenmühlen-Brücke. Von hier aus hatte man den schönsten Blick auf das Wasserschloss, das genau zwischen zwei Fleeten, wie die schiffbaren Kanäle in Hamburg heißen, auf einer Halbinsel lag. Zwei Bogenbrücken überspannten links und rechts das dunkle Wasser und führten so zum Herzstück der berühmten Speicherstadt, das ein Teekontor beherbergte. Kontore gehören zu Hansestädten wie das schlechte Wetter zu Hamburg und sind so etwas wie Büro und Warenlager in einem. In diesem speziellen Teehaus konnte man auch frühstücken und natürlich Tee trinken. Vielleicht drängelten sich deshalb schon so viele Leute hier. Oder es lag daran, dass man die Elbphilharmonie, von Hamburgern und Touristen auch liebevoll Elphi genannt, noch so eben im Hintergrund hatte, wenn man das Wasserschloss fotografierte.

„Ich hatte mir die Speicherstadt auch kleiner vorgestellt“, gab Ronny zu.

„Ich nicht", seufzte Silas. „Das ist die größte Ansammlung von Lagerhäusern auf der ganzen Welt. Das dauert, bis wir da einmal herummarschiert sind."

„I... Ich weiß!", behauptete Onkel Anton.

Er trug bereits seinen Lieblingsschal von Dortmund, obwohl das Bundesligaspiel erst heute Abend stattfinden würde. Die Kutte mit den vielen Aufnähern hatte Opa ihm gerade noch ausreden können. Wenn sie einem Trupp eingeschworener HSV-Fans begegneten, konnte man einen Schal schneller verschwinden lassen. Anton hielt ein Smartphone in der Hand und fotografierte mit den anderen Touristen um die Wette. Rahel streckte ihre Hand aus.

„Kriege ich mein Handy jetzt zurück?", fragte sie.

„G... Gleich", vertröstete ihr Onkel sie.

„Du musst wirklich demnächst an dein Telefon denken, Anton. Dafür hat man es doch, dass man es mitnimmt."

„Jo", meinte Anton.

„Jetzt sind deine Bilder auch wieder scharf, dann macht es doch Spaß, oder?", fragte Ronny. Er hatte gestern Abend extra noch Antons Smartphone kontrolliert und die Kamera-Einstellungen korrigiert.

„J... Ja, aber i... ich will nicht, dass es auch noch gestohlen wird", meinte Anton.

„Ach soooo!! Jetzt verstehe ich. Das ist also der wahre Grund! Deswegen nimmst du es nicht mit!", sagte Rahel und nahm ihrem Onkel das Handy aus der Hand. „Aber meins kann ruhig gestohlen werden, ja?", lachte sie.

„J... Jo!", machte Anton und lachte mit.

„Ich glaube, wenn wir eine Chance haben wollen, sollten wir die beliebtesten Touri-Treffs ablaufen, die wir gestern Abend rausgesucht haben. Am besten machen wir uns gleich auf den Weg", schlug Sophia schmunzelnd vor. „Solange wir noch satt sind."

Silas schielte sehnsüchtig auf das Wasserschloss. Es war schon geöffnet, und er hätte nichts gegen ein zweites Frühstück einzuwenden gehabt. Wer weiß, vielleicht hatte die Taschendiebin auch gerade Hunger?

„Nein, Silas!", sagte seine Schwester, und es klang wie: „Aus, Caruso!"

„Dafür reicht unser Taschengeld sowieso nicht", bedauerte Ronny.

„Na gut", sagte Silas. „Sophia hat recht. Auch wenn wir die Nadel im Heuhaufen suchen, ist das besser, als nichts zu tun."

Ronny nickte.

„Eins können wir jedenfalls ausschließen: Ich glaube nicht, dass die Diebesbande hier auf irgendwelchen Booten bei einer Rundfahrt unterwegs ist. Wenn sie da erwischt werden oder jemand sein Zeug vermisst, kommen sie nicht von Bord."

„Das ist leider richtig", stimmte Silas zu. „Schade."

„Wieso leider?", fragte Rahel.

„Na, auf so einem Boot durch den Hafen zu fahren wäre wesentlich gemütlicher", antwortete ihr Bruder und grinste.

„Wie kann man nur so faul sein!" Rahel schüttelte den Kopf und sah auf die Uhr. „Opa müsste jetzt auch angekommen sein", sagte sie und setzte sich in Bewegung.

Herr Schmickler war seinen Enkeln zuliebe tatsächlich zur Arche gefahren. Recht früh, um noch einen der wenigen nicht vergebenen Plätze zu erwischen.

„Ihr lasst mir ja sowieso keine Ruhe, solange eure Vermutung nicht bestätigt oder widerlegt wurde", hatte er seufzend nachgegeben. Aber eigentlich freute er sich auf den Vortrag und auch auf das Wiedersehen mit Werner.

Vom Wasserschloss aus liefen die Kinder zwischen den hohen Speicherhäusern hindurch. Doch sie hatten keine Augen für die typischen roten Backsteinhäuser. Die historischen

Fassaden mit ihren Hunderten Gesimsen, kleinen Balkonen, Erkern und Spitzbögen interessierten sie nicht. Aufmerksam beobachteten sie stattdessen die Passanten, die am Ufer entlangschlenderten oder mit ihnen in Richtung Zollmuseum gingen. Aber noch ließen sich keine Kapuzenfrau und auch kein dunkelhaariger Fahrradfahrer sehen. Nur eine Kindergruppe bestaunte den alten grauen Zoll-Bulli, der in einem an der Seite offenen Container vor dem Eingang stand. Die Detektive gingen am Museum vorbei und folgten einen Kilometer lang dem Zollkanal. Dann überquerten sie das kleine Fleet, indem sie die Kannengießerbrücke betraten, gingen unter einer Brücke hindurch und an weiteren Brücken vorbei, bis sie auf die Straße Kehrwieder stießen. Nummer zwei beherbergte das Miniatur Wunderland. Davor gab es einen großen Parkplatz, auf dem es schon jetzt kaum noch freie Plätze gab.

„Kehrwieder? Echt jetzt? Straßennamen haben die hier!“, wiederholte Ronny, was er schon auf der Polizeiwache 14 bemerkt hatte. „Wandrahm, Kannengießer und Kehrwieder? Fiel denen nichts Besseres ein? Kehr wieder?“

„I... Ich bin doch schon wiedergekehrt“, meinte Onkel Anton und zeigte auf den Eingang. „D... Da war ich d... doch gestern!“

Sophia lachte und strahlte Onkel Anton an.

„Und? War es schön?“

„J... Ja, mhm!“, machte Rahels Onkel. „U... Und Raddampfer bin ich gefahren. Gestern. A... Auf der Lu... Lusanna Schtar.“

„Das Schiff heißt *Louisiana Star,* Anton.“

„Ja. S... Sag ich doch, auf der Lusanna Schtar.“ Dann zeigte er auf eins der nächsten Häuser. „Und ... U... und da ha... hab ich mit Papa einen Kaffee getrunken. Haste gehört?“

Sophia nickte und schnupperte in die Luft.

„Ja, habe ich, und die Kaffeerösterei kann ich schon riechen!“, behauptete sie.

„Ich mag keinen Kaffee, der ist mir zu bitter, nur manchmal mit viel Milch und Kakao“, meinte Rahel und warf einen Blick auf ihr Handy. „Da geht's lang.“

Sie zeigte auf eine weitere Brücke und marschierte weiter. Die anderen folgten ihr auf den Kehrwiedersteg, der den Kehrwiederfleet überquerte. Dann bogen sie links auf eine große, breite Straße, auf der auch Autos fuhren. Sie hieß Am Sandtorkai. Hier war das Gewürzmuseum eines der beliebten Ausflugsziele. Davor standen ein paar niesende oder sich die Nase putzende Menschen. Aber auch das Museum und das Restaurant ließen sie links liegen. Zügig liefen sie die Straße entlang und bogen in die Osakaallee. Vom Bürgersteig führten ein paar Stufen zur Brücke hinunter, die das Störtebekerufer mit dem Schifffahrtsmuseum verband.

„Störtebeker! Das ist eine interessante Piraten-Legende“, sagte Silas, aber niemand fragte ihn, warum.

Rahel starrte an dem zehnstöckigen Gebäude empor, Ronny bewunderte die riesige Schiffsschraube, die laut Infotafel sechszehn Tonnen wog und hier auf dem Vorplatz herumlag. Die würde bestimmt keiner stehlen! Sophia betrachtete verträumt das Wasser und die Brücken. Anton hatte ein paar schon frühmorgens angeheiterte HSV-Fans entdeckt und ließ schnell den Borussen-Schal in seinem Rucksack verschwinden.

„*Très beau!*“, sagte Sophia. „Hier gibt es einfach unglaublich viele Brücken.“

„Ja, zweitausendfünfhundert“, sagte Silas, „mehr als in Amsterdam und Venedig zusammen. Hamburg ist ... “

Er stoppte mitten im Satz. Eigentlich hatte er noch erzählen wollen, dass es in keiner Stadt Europas mehr Brücken als in Hamburg gab. Aber Sophia fing an zu lachen.

„Ach, Silas, sei nicht böse. Aber du bist echt witzig. Es ist doch völlig egal, wie viele Brücken es hier gibt. Ich schaue sie nur an und finde sie schön!“

Silas lachte mit.

„Okay, wenn dir das reicht“, meinte er gutmütig.

„Das reicht mir“, bestätigte Sophia und zwinkerte ihm zu. „Auch wenn es beeindruckend ist, was du alles weißt.“

Sie sah umwerfend aus, wie sie so dastand und ihn anlachte. Silas wurde es warm, obwohl die Sonne gerade hinter den Wolken verschwand.

„Äh, hier ist aber noch nicht viel los“, meinte er und sah schnell zum Eingang des Museums.

„Nee, die machen auch erst um zehn auf“, wusste Sophia.

Am Störtebeker-Denkmal vorbei kehrten sie schließlich zurück und waren nach exakt dreißig Minuten wieder an ihrem Ausgangspunkt auf der Poggenmühlen-Brücke angelangt. In dieser Zeit hatten sie fast die gesamte Speicherstadt umrundet. Es fing an zu regnen, und sie zogen ihre Regenjacken an. Nur Sophia hatte keine. Sie spannte ihren Regenschirm auf.

„Ist das nicht zu windig für den Schirm?“, fragte Rahel.

„In Hamburg ist es erst zu windig, wenn die Schafe glatte Wolle haben“, bemerkte ein Einheimischer, der eben über die Brücke ging. Er trug weder Regenzeug, noch hatte er einen Schirm aufgespannt. Sophia lachte laut über den Witz.

„Tja, und was machen wir jetzt?“, fragte Ronny, als Rahels Freundin aufgehört hatte zu lachen. „Laufen wir noch ein paar Mal im Kreis? Bis wir nass sind?“

„Wie wäre es, wenn wir uns trennen?“, schlug Sophia vor. „Drei von uns gehen links herum, zwei rechts, und wir treffen uns dann in dreißig Minuten wieder hier. Die, die was Verdächtiges entdecken, sagen den anderen Bescheid, und über eine der zweitausendfünfhundert Hamburger Brücken sind wir dann schnell wieder beieinander.“

Sie zwinkerte Silas noch einmal zu. Ronny sah, wie sein Freund rot wurde, und musste plötzlich schlucken. In diesem Moment näherte sich eine Horde fröhlicher Borussen-Fans der Brücke, bog aber kurz vorher rechts ab Richtung Zollmuseum. Anton hatte sie natürlich entdeckt und kramte sofort seinen Schal wieder aus dem Rucksack.

„I... Ich geh da lang, s... so wie grade. D... Das kenn ich schon“, beschloss er und zockelte langsam in Richtung der Fußball-Freunde aus dem Ruhrgebiet.

„He, warte!“, meinte Rahel. „Du kannst nicht alleine los. Ich komme mit, und wer noch?!“, fragte sie und drehte sich um. Anton blieb kurz stehen.

„Ich!“, sagte Ronny schnell.

„D... Dann komm auch!“, verlangte Anton und folgte den Borussen.

Rasch hatte er sie eingeholt. Die Dortmunder Touristen begrüßten Rahels Onkel, als wären sie alte Freunde. Dabei hatten die sich garantiert noch nie gesehen. Einige hielten eine Flasche Bier in der Hand.

„Prost, Kumpel!“, sagte ein dicker Mann in Schwarz-Gelb. „Du Armer sitzt ja auf dem Trockenen, hier, nimm!“

Mit diesen Worten reichte er Onkel Anton eine Dose mit Pils.

„N... Nee danke“, lehnte Rahels Onkel lachend ab. Er trank am liebsten Malzbier. „I... Is d... doch nass genug von oben!“

„Na, dann nicht!“, meinte der dicke Dortmunder und nahm einen tiefen Schluck aus seiner Dose. „Hamburg ist 'ne schöne Stadt. Nur schade, dass die heute Abend verlieren. Aber besser die als wir.“

Er lachte dröhnend und rülpste.

„D... D... Drei eins, sag ich!“, stimmte Onkel Anton zu.

Dann legte der Dicke seinen Arm um Anton, und sie sangen gemeinsam die BVB-Hymne:

„Olé, jetzt kommt der BVB, olé, jetzt kommt der BVB, olé, jetzt kommt der BVB, olé, jetzt kommt der BVB."

Textsicher wiederholten die Männer den Fünf-Worte-Satz mehrfach mit unterschiedlicher Melodie, bevor das Ganze wieder von vorne anfing. Antons Backen röteten sich; er war in seinem Element. Der Regen störte ihn nicht. Als einer von vielen zog er mit der fröhlichen Truppe, bis sie an das Miniatur Wunderland kamen. Hier entwickelte sich eine lebhafte Diskussion, ob man gemeinsam da reingehen sollte oder nicht. Die Schlange reichte bis auf die Straße. Plötzlich hörte der Regen auf, als hätte er keine Lust mehr, die hitzigen Gemüter abzukühlen, und die Sonne schien auf die streitenden Dortmunder herab. Rahel wollte Anton gerade am Ärmel weiterziehen, da stieß Ronny sie an.

„Da! Da hinten, da ist sie!", flüsterte er. „Sag den anderen Bescheid! Wenn sie genauso langsam gegangen sind wie wir, müssten sie jetzt auf Höhe des Gewürzmuseums sein, also nicht weit von uns entfernt. Behalt die Kapuzenfrau im Auge und ruf die Polizei!"

Die Taschendiebin hatte diesmal einen grünen Rucksack auf dem Rücken und mischte sich unauffällig unter die Touristen vor der Kaffeerösterei. Gerade hatte das Café eine größere Besuchergruppe ausgespuckt. Sie trugen keine Jacken, da sie von drinnen kamen und nicht im Regen unterwegs gewesen waren. Rahel sah die ausgebeulten Hosentaschen mit den Handys und Portemonnaies. Sie würden eine leichte Beute werden! Die Diebin warf einen Blick in die Runde, um sich die lohnendsten Ziele auszugucken. Schnell verschwand Rahel hinter ein paar Borussen-Fans. Wenn sie das Gesicht der Kapuzenfrau erkannt hatte, hatte die sich bestimmt auch ihres gemerkt.

„Tatsächlich!", flüsterte Rahel zurück und kam wieder hinter den Dortmundern hervor.

Doch Ronny war verschwunden. Suchend sah Rahel nach vorn. Wo war er bloß geblieben, und was hatte er vor? Sie tastete nach ihrem Handy und versuchte gleichzeitig, die ganze Szene im Blick zu behalten. Onkel Anton war immer noch bei den Borussen. Die Diebin tat so, als würde sie die Fassade der Kaffeerösterei bewundern. Überall standen Touristen herum. Schnell schickte Rahel eine Sprachnachricht an Sophia und wählte anschließend die 110.

„Hier ist Rahel Schmickler", sagte sie leise, als der Beamte in der Leitstelle den Notruf entgegennahm. „Ich bin in der Speicherstadt vor dem Miniatur Wunderland und kann die Taschendiebin sehen, die mir vor drei Tagen meine Tasche geklaut hat. Sie bestiehlt gerade ein paar Touristen vor der Kaffeerösterei."

Der Polizist wiederholte kurz, was Rahel angegeben hatte.

„Ich behalte sie im Auge", kündigte Silas' Schwester an. Offenbar hörte der Beamte ihrer Stimme an, dass sie nicht erwachsen war.

„Wie alt sind Sie?", fragte er.

„Dreizehn", sagte Rahel wahrheitsgemäß.

„Nichts auf eigene Faust unternehmen", mahnte er dann. „Die Kollegen kommen sofort! Es sind Streifenwagen in der Nähe!"

Zu spät!, dachte Rahel, denn in diesem Moment sah sie Ronny. Er war Richtung Parkplatz gelaufen. Und sie wusste auch, warum! Der Fahrradfahrer, der der Kapuzenfrau schon zweimal bei der Flucht geholfen hatte, wartete neben einem nagelneuen Mercedes-Vito-Bus. Er saß auf dem Sattel. Ein Fuß stand bereits auf dem rechten Pedal, und er beobachtete aufmerksam die Touris und seine Komplizin vor der Kaffeerösterei. In diesem Moment hatte Ronny ihn erreicht. Was hatte er vor? Wollte er sich etwa mit einem Erwachsenen anlegen und ihn festhalten, sobald er losfuhr?! Also, sie würde sich jedenfalls um die Diebin kümmern und ihr notfalls folgen. Wie cool wäre es, wenn sie die kriegen würde?! Rahels Herz schlug schneller. Sie spannte die Muskeln an wie auf dem Startblock im Schwimmbad, wenn das Kommando „Auf die Plätze“ gegeben wurde. Das Jagdfieber packte sie, und im Nu vergaß sie alle Warnungen. Sie sah sich nach Onkel Anton um. Er war ganz in der Nähe. Rahel zwängte sich durch die Dortmunder, ohne die Kapuzenfrau mit dem Rucksack aus den Augen zu lassen.

„Anton?!“, rief sie. „Bleibst du hier? Ich bin gleich wieder da!“

„J... Jo, hier isses schön!“, antwortete ihr Onkel zufrieden.

„Hallo?!“, sagte der Polizist an ihrem Ohr. „Ich wiederhole: Nicht auf eigene Faust handeln!“

„Ich folge ihr unauffällig, falls sie wegläuft. Ich halte Abstand“, sagte Rahel, dann hörte sie die Anweisungen des Polizisten nicht mehr. Es war, als wären ihre Ohren voller Wasser, wie nach dem Startsprung im Schwimmbad. Obwohl der Polizist sie ermahnte, nicht aufzulegen, tat sie genau das und steckte ihr Handy zurück in die Hosentasche. Der Beamte am Funktisch seufzte kurz und informierte die Kollegen in den Streifenwagen:

„Verfolgung durch privat, es handelt sich um eine minderjährige Verfolgerin, die einen Diebstahl beobachtet hat. Letzter Standort: Kehrwieder Hausnummer 2, beim Miniatur Wunderland. Der Kontakt ist jetzt leider abgebrochen, sie sind vermutlich auf dem Weg Richtung HafenCity.“

Währenddessen näherte sich Rahel so vorsichtig wie möglich der Kaffeerösterei. Sie wollte die Kapuzenfrau unbedingt im Auge behalten, aber auf keinen Fall ihre Aufmerksamkeit zu früh auf sich lenken.

„Mein iPhone!“, sagte eine Touristin plötzlich erschrocken. „Hast du das, Karl-Heinz?“

„Warum sollte ich dein Handy haben?“, fragte ihr Mann genervt. „Ständig suchst du das Ding! Vielleicht hast du es mal wieder da drinnen auf dem Klo liegen gelassen?“

„Nein!“, gab die Frau empört zurück. „Ich habe doch gerade noch den Oldtimer hier fotografiert!“

Sie zeigte auf das kleine beige-braune Lieferauto der Kaffeerösterei. Ein paar andere aus ihrer Gruppe wurden aufmerksam und kamen hilfsbereit näher.

„Meine Brieftasche ist weg!“, rief in dem Moment ein älterer Herr.

Nun fassten alle um ihn herum automatisch in ihre Hosentaschen oder griffen nach ihrer Handtasche. Die Kapuzenfrau schlenderte zügig, aber unauffällig in Richtung Kehrwiedersteg und sah zu dem Fahrradfahrer. Der wollte sich in Bewegung setzen, aber Ronny hatte aufgepasst! Gerade als der Mann sein ganzes Gewicht auf das rechte Pedal gestemmt hatte, zog Ronny von hinten kurz und fest am Gepäckträger. Der Dunkelhaarige wurde von dem Ruck überrascht und stieg über den Lenker ab. Er landete unsanft auf dem Parkplatzbeton und schimpfte in einer Sprache, die Ronny nicht verstand. Doch das war auch nicht nötig. Man konnte auch so hören, dass er stinksauer war. Ronny achtete nicht auf ihn, sondern schob das Rad schnell zur Seite und versuchte aufzuspringen. Doch der Mann begriff, was Ronny vorhatte. Er rappelte sich auf und fasste von der anderen Seite nach seinem Fahrrad. Ronny kam nicht auf den Sattel. Er musste den Mann zum Loslassen zwingen und überlegte nur kurz. Überraschend schnell schwang er sein rechtes Bein in die Luft und traf den Mann an der Schulter. Der schrie auf und ließ endlich los. Diesen Moment nutzte Ronny. Ehe der Mann hinterherhinken konnte, war der Junge mit dem Drahtesel schon uneinholbar in Richtung Rösterei unterwegs. Sprachlos hatte Rahel Ronnys kurzen Kampf beobachtet. Doch ihr blieb keine Zeit zu überlegen, woher Ronny solche Fähigkeiten hatte, denn die Diebin zögerte nur einen winzigen Moment, dann begriff sie, dass ihr Fahrrad-Taxi nicht kommen würde, und rannte los.

„Sie flüchtet!", rief Rahel den Touristen zu und rannte der Diebin hinterher.

Die hatte noch genügend Vorsprung vor Ronny, und wenn sie erst um die Ecke war, konnte sie überallhin verschwinden. Rahel blieb der Kapuzenfrau auf den Fersen. Sie war gerade noch rechtzeitig genug losgerannt, um sie im Blick behalten zu können. Dicht hinter ihr lief sie zwischen den Häusern hindurch und auf die asphaltierte Brücke zu. Als sie genau neben zwei großen blauen Schuttcontainern war, drehte sich die Diebin kurz um, um zu sehen, ob sie verfolgt wurde. Sie sah Rahel und ein ganzes Stück weiter hinten Ronny, der mit dem Fahrrad über das Kopfsteinpflaster ruckelte. Die Kapuzenfrau riss den Kopf wieder nach vorne und rannte über die Brücke, ohne den schönen Blick auf den Kehrwiederfleet zu bewundern. Da von vorne Autos in die einspurige Straße bogen, wich sie nach rechts auf den Bürgersteig aus. Rahel folgte ihr und holte etwas auf. Ronny sah die Autos auch, konnte aber nicht ausweichen, da er gerade auf der Brücke war. Hier markierten dreieckige, kniehohe Hindernisse auf dem Boden die Grenze zwischen Fahrbahn und Fußgängerweg. Die Lücken zwischen den einzelnen Betonpollern waren ihm bei dem Tempo zu klein, um gefahrlos auf den Gehweg ausweichen zu können. Er hatte Angst, sich langzulegen. Als das Auto genau neben Rahel war, hupte es laut. Sie schrak zusammen, lief aber sofort weiter. Das Hupen galt auch nicht ihr.

„Das ist eine Einbahnstraße, Ronny!", schrie sie.

Ronny hatte jetzt auch bemerkt, dass er in der falschen Richtung unterwegs war. Er musste das Schild übersehen haben, vielleicht wurde es von den blauen Containern verdeckt. Schuldbewusst verringerte er sein Tempo. Doch der Autofahrer hielt auf ihn zu, als wollte er sein Recht mit Gewalt durchsetzen. Erst kurz vor Ronny bremste er scharf ab und rang dramatisch die Hände. Ronny starrte kurz in sein Gesicht. Es war nah genug, dass er dem Mann von den Lippen lesen konnte, was er sagte: „Idiot!"

Ronny kümmerte sich nicht darum, sondern sprang ab und hievte das Rad auf den Bürgersteig. Schnell nahm er wieder Fahrt auf. Rahel und die Diebin waren mittlerweile fast am Überweg über die mehrspurige und stark befahrene Straße angekommen. Von beiden Seiten floss der Autoverkehr, und die Fußgängerampel stand auf Rot. Doch die Diebin dachte nicht daran, sich davon aufhalten zu lassen. Ohne auch nur kurz zu stoppen, lief sie weiter auf die Fahrbahn, während Rahel erschrocken abbremste. Ihre Ohren registrierten Sirenengeheul. Die Diebin wich einem blauen VW von links gerade noch aus und rannte weiter. Reifen quietschten, ein Audi, der von rechts kam, hielt, kurz bevor er die Flüchtende angefahren hätte.

Rahel nutzte den Moment, in dem auf beiden Fahrbahnen der Verkehr stockte, und nahm die Verfolgung der Kapuzenfrau wieder auf. Auch Ronny war jetzt fast auf gleicher Höhe. Sie glaubte, ihn keuchen zu hören, bevor sie auf den Überweg lief. Doch weil die Autos wieder fuhren, bog er nach links ab und überquerte die Einbahnstraße. Auch die Diebin hatte sich für diese Richtung entschieden. Ronny blieb mit ihr auf gleicher Höhe, allerdings auf der anderen Straßenseite. Vier Fahrspuren und ein Grünstreifen befanden sich zwischen ihnen. Doch jetzt näherte sich von rechts ein erster Streifenwagen! Ein Fußgänger hatte keine Chance, ihnen zu entwischen, wenn er einfach weiter geradeaus an der Straße entlanglief. Das wusste auch die Diebin, der das Martinshorn in den Ohren gellte. Denn links von ihr waren Ronny und der Verkehr, zu ihrer Rechten wollte die hohe Betonmauer, die die Grundstücksgrenze der Geschäftshäuser zur Straße bildete, einfach nicht aufhören. Doch da, hinter zwei schwarzen Müllcontainern, tat sich endlich ein Loch in der Wand auf: eine Parkhauseinfahrt! Kurzentschlossen verschwand die Diebin darin. Rahel folgte ihr, noch bevor der Streifenwagen am Straßenrand hielt. Hilflos bremste Ronny und starrte über die Straße.

„Stopp! Polizei!“, rief ein Polizist, der aus dem Auto gesprungen war.

„Stehen bleiben!“

Seine Kollegin, die den Wagen gefahren hatte, folgte ihm.

„Ronny!“, hörte Ronny jemanden seinen Namen rufen.

Es war Rahels Bruder. Zusammen mit Sophia rannte er auf ihn zu. Als die beiden bei Ronny angekommen waren, sah Silas sich sofort um.

„Wo ist Rahel?“, fragte er.

Sein Freund zeigte auf die Einfahrt.

„Da drin.“

„Wo sonst?“, sagte Silas und starrte auf den verlassenen Streifenwagen.

Ein zweites Polizeiauto näherte sich aus derselben Richtung, aus der Sophia und Silas eben gekommen waren. Es fuhr mit Blaulicht und Tatütata über den Mittelstreifen in den Gegenverkehr, um auch vor der Einfahrt zu halten. Alle Autofahrer hatten reagiert und ihre Wagen rechtzeitig am rechten Straßenrand zum Stehen gebracht. Die drei Detektive liefen über die Straße, hielten aber Abstand zu der Parkhauseinfahrt, durch die die Kapuzenfrau, Rahel und mittlerweile vier Polizisten verschwunden waren. Man konnte nicht weit sehen, weil es abwärts und um die Kurve ging. Nur Wortfetzen drangen zu ihnen herauf. Silas schloss die Augen und betete still. Sophia krallte sich vor Aufregung an seinen Arm. Automatisch fasste er nach ihrer Hand und drückte sie.

Im Parkhaus war Rahel am Ende der Rampe angelangt und kurz davor, die Flüchtige zu erreichen, bevor die um die nächste Kurve laufen konnte. Sie streckte die Hände nach dem Rucksack aus, um die Kapuzenfrau so zu stoppen oder zu Boden zu reißen.

„Stopp! Polizei!“, hörte sie hinter sich jemanden rufen.

„Polizei?“

Hatte sie diesen Ruf schon einmal gehört, oder war es das erste Mal? Plötzlich, direkt hinter der Kurve, stoppte die Frau vor ihr und riss die Arme in die Höhe. Rahel hatte nicht damit gerechnet und prallte gegen ihren Rücken. Um nicht zu fallen, hielt sie sich instinktiv an dem Rucksack fest. Doch durch den Stoß und das zusätzliche Gewicht konnte die Gegnerin sich nicht mehr halten. Gemeinsam mit Rahel ging sie zu Boden. Die Kapuze rutschte ihr vom Kopf, und aus den braunen Haaren wehte Silas' Schwester der bekannte Zitronenduft entgegen. „Du warst das auch im Tierpark“, keuchte Rahel. „Da habe ich dein Shampoo zum ersten Mal gerochen!“

Dann waren auch schon die Polizisten zur Stelle und zogen die Kontrahentinnen auseinander. Die junge Frau wehrte sich nicht, als sie auf den Bauch gedreht und festgenommen wurde. Sie sagte auch nichts, als die Beamten ihr auf die Beine halfen. Mit ausdruckslosem Gesicht sah sie kurz zu Rahel, die auch schon wieder auf den Füßen stand und sich das Handgelenk rieb. Dann ließ die Diebin den Kopf hängen. Der Beamte führte sie zur Rampe und in Richtung Streifenwagen.

„Alles klar?“, fragte die Polizistin Rahel. „Bist du okay?“

Sie nickte stolz. Es war vorbei, und sie hatte die Täterin gestellt! Ein gutes Gefühl!

„Hast du uns angerufen?“, fragte die Beamtin ernst.

„Ja", sagte Rahel. Sie lächelte zufrieden und folgte den Polizisten zurück zur Straße.

„Rahel!", rief Sophia, als sie ihre Freundin erblickte. Sie ließ Silas' Arm los, stürzte auf Rahel zu und umarmte sie. „Geht es dir gut?"

„Ja, alles gut", murmelte Rahel leise.

Die Polizisten verfrachteten die Diebin in den Streifenwagen. Ein Beamter hielt den grünen Rucksack in der Hand und öffnete ihn.

„Ah, ein paar nette Souvenirs", stellte er fest. „Handys, Portemonnaies und eine kleine Prada-Handtasche. War ein erfolgreicher Vormittag, oder?"

Die Kapuzenfrau zog es immer noch vor zu schweigen. Stumm drehte sie den Kopf zur Seite.

„Na, der Fischzug ist jetzt jedenfalls vorbei", sagte der Polizist und klopfte auf das Autodach. Die Polizistin am Steuer ließ den Motor an und fuhr los. Die Kollegen aus dem anderen Streifenwagen kümmerten sich um Ronny und Rahel.

„Äh, das gehört dem Komplizen der Diebin. Ich ... ich hatte es mir nur kurz ausgeliehen", stammelte Ronny und schob dem Polizisten das Fahrrad zu. „Ich hoffe, das war so in Ordnung."

Rahel hörte die Antwort nicht mehr, denn die Polizistin hatte sie ein Stück zur Seite hinter den Streifenwagen geführt.

„Weißt du, dass das eben ganz schön gefährlich war?", fragte sie. „‚Mit Abstand folgen' sieht anders aus, oder?"

Rahel ließ die Mundwinkel sinken und wurde rot. Nach einem Lob klang das nicht!

„Ich ... Ich glaube, schon", sagte sie kleinlaut und klopfte verlegen ihre Kleidung aus. Das Jagdfieber hatte sie schlagartig verlassen. Das gute Gefühl war verschwunden.

„Schau mal, das ist eine Kriminelle, und du wusstest nicht, ob sie bewaffnet ist oder noch andere Komplizen hat. Was hättest du getan, wenn sie dich angegriffen hätte?“

Bei dem Gedanken wurden Rahels Knie wackelig. Die Polizistin hatte völlig recht! Was hatte sie sich nur dabei gedacht?!

„Es ... es tut mir leid!“, sagte sie zerknirscht. „Muss ich jetzt mit auf die Wache?“ Rahel war plötzlich unruhig, weil ihr Onkel Anton einfiel. Sie hatte ihren Onkel vorhin einfach zurückgelassen! Opas Warnungen klangen ihr noch zu gut im Ohr. *Passt auf Onkel Anton auf!* Sie hätte bei ihm bleiben sollen, als Ronny die Verfolgung aufnahm! „Ich habe es nämlich ein bisschen eilig, wir ... wir müssen unbedingt zu unserem Onkel, er wartet am Miniatur Wunderland auf uns. Wir können ihn nicht anrufen, er hat kein Telefon dabei.“

Der Beamte, der mit Ronny geredet hatte, kam herübergeschlendert.

„Ich denke, wir können das auch hier am Auto machen“, sagte er zu seiner Kollegin. „Oder? Mit dem jungen Mann bin ich fertig.“

Die Polizistin nickte zustimmend, und schnell waren die Formalitäten erledigt, die die Kinder nun schon zu genau kannten.

„Vielleicht habt ihr Glück, und die Diebin führt die Kriminalpolizei zu eurer Kamera und der Handtasche. Eine Weile warten müsst ihr auf jeden Fall, und ihr bekommt schriftlich Bescheid“, erklärten die Beamten.

„Danke!“, sagte Silas und nickte. „Das hat man uns schon erklärt.“

„Na dann, noch eine gute Zeit in unserer schönen Stadt“, wünschten die Polizisten und verabschiedeten sich.

„Vielen Dank“, bedankte Silas sich erneut. „Und tschüss!“

„Wir müssen jetzt Onkel Anton abholen“, drängte Rahel und lief zurück Richtung Kehrwiedersteg. Die anderen folgten ihr. Keine drei Minuten später waren sie am Miniatur Wunderland. Doch vor dem Museum und der Kaffeerösterei herrschte plötzlich gähnende Leere. Weder die bestohlenen Touristen noch die Borussen-Fans waren zu sehen. Und so sehr die vier Detektive auch suchten und riefen: Nirgendwo gab es eine Spur von Onkel Anton!

AUF DER PASTORENKONFERENZ

„Hallo, Werner!“, sagte Peter Schmickler laut.

Der sportliche Pastor der SEGE drehte sich um, als er seinen Namen hörte. Es war eine halbe Stunde vor Veranstaltungsbeginn, und in der Eingangshalle der Arche-Gemeinde wimmelte es wie auf dem Hamburger Hauptbahnhof. In dem großen Saal mit dem roten Teppichboden waren schon jede Menge der tausendfünfhundert Plätze besetzt. Die Band von gestern Abend hatte soeben ihren Soundcheck beendet.

„Oh, hallo, Pit!“, antwortete Werner ebenso laut und über die Köpfe der Konferenzteilnehmer hinweg. „Wie lange liegst du denn schon hier auf der Lauer?!“

Er schob sich vorsichtig an ein paar anderen Pastoren vorbei, zog Opa an sich und drückte ihn fest.

„Na, du scheinst dich ja wirklich zu freuen, dass ich hier bin!“, sagte Opa, so gut das mit zusammengequetschten Rippen ging.

Werner ließ ihn sofort los.

„Ja, du glaubst nicht, wie sehr!“

Wenn alles wie geplant klappte, würde Pit Schmickler das beste Alibi abgeben, das man sich wünschen konnte.

„Ich schätze John Piper wirklich, und ihn mit dir zusammen anzuhören ist eine besondere Freude", sagte Werner.

„Das denke ich auch!", stimmte Opa erleichtert zu.

Gott sei Dank war Rahels Verdacht falsch und bei näherer Betrachtung auch höchst unwahrscheinlich gewesen! Seine Enkeltochter hatte einfach eine blühende Fantasie, und er hatte sich anstecken lassen. Was Anton betraf, so hatte der sich einfach geirrt. Er kannte den Kronzeugen nicht wirklich.

„Sitzen wir nebeneinander?"

„Leider nicht", lächelte Werner und zeigte auf die vordere rechte Ecke des Saales. „Ich sitze dort hinten mit ein paar alten Freunden, wir hatten uns zusammen angemeldet. Aber wir haben bestimmt nachher noch genug Gelegenheit, uns über das Gehörte auszutauschen."

„Darauf freue ich mich schon", sagte Opa. „Jetzt muss ich mal sehen, wo die Toiletten sind. In meinem Alter braucht man die schon mal öfter."

Werner lachte.

„Die sind zum Glück nicht weit. Einfach aus dem großen Saal raus, geradeaus und die Treppe runter", empfahl er Opa. „Die zweite Tür links."

Opa nickte Werner zu und folgte der Anweisung. Als er zurück im großen Saal war, setzte er sich auf seinen Platz und schickte Silas eine kurze Nachricht auf sein Handy.

„Alles in Ordnung. Werner ist hier", tippte er.

Dann sah er auf und registrierte zufrieden, dass der Pastor vorne rechts in der Schar seiner Freunde Platz genommen hatte. Von hier konnte er ihn gut sehen und somit im Auge behalten, damit er sich nicht doch noch aus dem Staub machte. Er winkte Werner noch einmal kurz zu. Der nickte grüßend und streckte den linken Daumen hoch. Pit Schmickler lehnte sich zufrieden zurück und nahm seine Bibel aus der Tasche, dazu einen Notizblock und einen Stift.

Alles war in bester Ordnung! Werner war hier, und er war wirklich Werner. Seinetwegen konnte es losgehen. Tatsächlich begann die Band vorne, angenehm leise einen alten Choral zu spielen. Danach begrüßte Pastor Martin Schmidt die Anwesenden und erzählte kurz etwas über die Arche und den Ablauf dieses Wochenendes. Nach einem Gebet sangen die Zuhörer drei Lieder zusammen mit der Band. Schließlich führte Pastor Schmidt kurz ins Thema ein und stellte den Referenten vor, der auch noch ein paar Fragen zu seiner Person beantwortete. Er sprach auf Englisch und musste übersetzt werden. Herr Schmickler nickte zufrieden. Dieser Martin machte seine Sache wirklich gut! Soweit Opa es verstehen konnte, fasste er das Englische gut zusammen und übertrug es in verständliches Deutsch. Die erste Stunde verging wie im Flug. Kurz vor Schluss der Einführungsveranstaltung gab es noch einen Schreckmoment, als dem Bassisten der Band der Kontrabass umkippte. Durch die Mikros wurde das Geräusch laut verstärkt. Zum Glück blieb das Instrument aber heil.

„Zumindest sind jetzt alle Zuhörer wieder wach!“, scherzte Pastor Schmidt.

In der kurzen Pause besorgte sich Opa an der Kaffeebar des gemeindeeigenen Cafés einen Milchkaffee und ein paar trockene Kekse. Eine Frau neben ihm beschwerte sich lautstark, dass es keine laktosefreie Milch gab. Die Mitarbeiterin entschuldigte sich und versprach, welche zu besorgen. Peter Schmickler sah sich suchend um. Er entdeckte Werner am Ausgang und versuchte, in seine Nähe zu kommen. Doch er hatte kaum ein paar Schritte in Werners Richtung gemacht, als ihn ein Mann, der einen feinen Anzug trug, aus Versehen anstieß. Opas Kaffee schwappte bedenklich in seinem Becher. Ein wenig von der heißen Brühe lief ihm über die Finger und tropfte auf den Boden.

„Oh, Verzeihung!", entschuldigte sich der Mann sofort. „Das tut mir wirklich leid, ich habe Sie nicht gesehen!"

Er zog ein Taschentuch aus der Hosentasche und bot es Opa an. Als Herr Schmickler es dankend entgegennahm, bückte der Mann sich und tupfte mit einem weiteren Taschentuch die Kaffeetropfen vom Boden.

„Darf ich Ihnen einen neuen Kaffee holen?", fragte er höflich, als er wieder hochkam.

„Das ist wirklich nicht nötig", sagte Peter Schmickler freundlich lächelnd. „Es ist ja noch fast alles im Becher, und zwei Kaffee sind mir dann doch zu viel."

Er sah zu Werner hinüber, der immer noch am Ausgang stand. Aber der Mann ließ ihn noch nicht gehen, sondern zeigte mit dem Finger auf ihn.

„Dann in der Mittagspause?", fragte er und wartete die Antwort gar nicht ab. „Sie sind bestimmt aus der Eifel, oder? Das höre ich doch."

Opa nickte und ließ sich auf ein Gespräch ein. Der Mann im Anzug stammte auch aus Rheinland-Pfalz, war aber vor zwei Jahrzehnten von dort weggezogen. Als Opa das nächste Mal aufblickte, war Werner nicht mehr an der Tür, und auch die anderen Besucher strömten zurück in den Saal.

Nun gut, dachte Opa, als er wieder auf seinem Platz saß. *In der Mittagspause werde ich ihn schon erwischen.*

„Ich habe eine Nachricht von Opa. Werner ist tatsächlich bei dem Vortrag", sagte Silas.

Mit weit aufgerissenen Augen sah Rahel ihren Bruder an.

„Vergiss Werner!", verlangte sie laut. „Wir müssen Onkel Anton finden!"

„Immer mit der Ruhe, der ist bestimmt in der Ausstellung", winkte Silas ab. „Du hast ihm doch gesagt, er soll hier warten."

„Siehst du ihn irgendwo?!“, schnauzte Rahel und ließ ihren Bruder stehen.

Sie rannte zum Miniatur Wunderland und stürmte die Treppen bis zum Eingang im Obergeschoss empor, ohne sich um die Protestrufe der wartenden Touristen zu kümmern. Die Frau an der Kasse konnte sich noch gut an die Borussen-Fans erinnern.

„Ja, die haben hier lautstark diskutiert, sich dann aber gegen uns entschieden. Sie wollten lieber zur Reeperbahn, da ist im Moment das Festival“, gab sie bereitwillig Auskunft.

„Hat wirklich niemand von denen eine Eintrittskarte gekauft?“, fragte Rahel.

Sie fühlte Panik in sich aufsteigen. Reeperbahn, das gehörte zu den verbotenen Orten, vor denen Opa und Mama gewarnt hatten! So gut es in der Eile ging, beschrieb sie Onkel Anton.

„Nein, tut mir leid! Kein einziger Fan ist hier rein. Auch nicht der, den du beschreibst. Sie sind geschlossen raus – vor einer guten Viertelstunde, vielleicht zwanzig Minuten. Warte! Sie wollten zum Michel und von dort zu Fuß zur Reeperbahn“, überlegte sie.

„Wie lange geht man da zu Fuß?“, fragte Rahel.

„Dreißig bis vierzig Minuten, wenn man nicht auf den Turm vom Michel will.“

„Danke“, sagte Rahel, rannte die Treppen wieder hinunter und sprintete zurück zu den anderen.

„Wir müssen zum Michel und dann zur Reeperbahn“, rief sie ihnen entgegen. „Die Borussen sind vor zwanzig Minuten in die Richtung.“

„Die Reeperbahn?! Das hat Opa verboten!“, sagte Silas.

„Ich weiß, aber ...!“, stöhnte Rahel auf.

„Sollten wir nicht besser wieder die Polizei rufen, Rahel?“, schlug Sophia vor. „Die kennen sich am besten aus, und sie sind viel mehr als wir.“

„Ich glaube nicht, dass das Zweck hat", wandte Ronny ein. „Anton ist erwachsen und erst seit dreißig Minuten weg. Da können wir kaum eine Vermisstenanzeige aufgeben. Die nehmen uns doch nicht ernst."

„Ich rufe Opa an!", sagte Silas und zog sein Handy aus der Tasche.

„Nein!", rief Rahel. „Er kann doch auch nichts tun. Wir müssen los. Kommt endlich! Die gehen bestimmt nicht so schnell wie wir. Wir holen sie ein."

Ihr Gesicht war verzerrt, und sie rang die Hände.

„Du weißt doch gar nicht, ob er da wirklich mitgegangen ist. Und Opa muss Bescheid wissen!"

„Jetzt noch nicht!", flehte Rahel ihren Bruder an.

Tränen schimmerten in ihren Augen. Dann biss sie sich plötzlich auf die Lippen, drehte sich um und rannte weg.

„Rahel!", rief Silas ihr hinterher.

„Lass sie", sagte Ronny und nahm Silas das Handy aus der Hand. „Das hat noch Zeit. Gib ihr ein, zwei Stunden. So gefährlich ist Hamburg nun auch wieder nicht. Schließlich ist es heller Tag."

„Und was ist, wenn Rahel sich irrt und Anton mit den Borussen-Fans doch noch in der Speicherstadt ist?", fragte Sophia.

„Wir durchsuchen die Gegend hier", seufzte Ronny. „Darin haben wir ja schon Übung."

VERLOREN IN HAMBURG

Rahel lief ein Stück zurück Richtung Zollmuseum, doch an der ersten großen Straße bog sie nach links ab und kam auf eine Brücke. Danach musste sie noch einmal links, wenn sie zum Michel wollte. So weit hatte sie den Stadtplan in etwa im Kopf. Als sie das Wasser überquert hatte, hielt sie an der Ecke kurz an und gab ihr Ziel in die App ein, die ihr ab jetzt ansagen würde, wo sie hinmusste, bis sie den hohen Kirchturm sehen konnte.

Es fing an zu nieseln, doch Rahel bemerkte es nicht. Sie lief wieder los und bemühte sich, ruhig zu atmen, damit sie kein Seitenstechen bekam und durchlaufen konnte. Es war nicht so weit. Ungefähr einen Kilometer bis zur Kirche. Vielleicht hatte sie Glück, und die Dortmunder waren auf den Turm gestiegen! Voller Hoffnung erhöhte sie ihr Tempo. Ihre Füße flogen über den Asphalt, der Wind wehte ihr ins Gesicht, ihr Herz hämmerte im Takt.

Doch ihre Gedanken kamen nicht vom Fleck. Es war, als liefen sie auf der Stelle, obwohl ihr Körper sich vorwärtsbewegte. Immer und immer wieder spulte ihr Kopf denselben Text ab: *Ich hätte bei ihm bleiben müssen, ich hätte bei ihm bleiben müssen!*, warf sie sich selbst vor. Als Rahel über die vierte Brücke auf ihrem Weg gelaufen war, näherte sie sich endlich dem Park mit dem Springbrunnen. Der Rasen war von pickenden Tauben bevölkert. *Die Michelwiese! Gleich bin ich da!,* dachte sie und schaltete einen Gang zurück, weil sie nichts übersehen wollte. Ihre Augen scannten die Gegend um sie herum. Jede Menge Touristen waren unterwegs und auch ein paar Fußballfans, aber nirgendwo war so eine große Gruppe wie die aus der Speicherstadt zu sehen. Kurz darauf betrat Rahel den Kirchplatz und drehte sich um sich selbst, um in alle Richtungen zu gucken. Weil sie schwitzte, öffnete sie ihre Regenjacke.

„Sie haben Ihr Ziel erreicht. Das Ziel liegt rechts", sagte die Frauenstimme der App.

Rahel stöhnte verzweifelt auf. Nein! Sie war noch nicht am Ziel. Keine App der Welt konnte Onkel Anton finden! Warum hatte er bloß sein Handy nicht dabei? Dann hätte sie ihn einfach anrufen können! Es war zum Verrückt-Werden!

Rahel legte den Kopf in den Nacken und starrte zum Turm hinauf. Aber natürlich konnte sie von hier unten keine Gesichter auf der Aussichtsplattform erkennen. Die einzelnen Köpfe, die sie sah, waren winzig klein, so klein wie Vögel am Himmel. Sie lief zum Eingang und drängelte sich nach vorn zur Kasse.

„Entschuldigung, darf ich kurz vor? Ich muss nur eine Frage stellen, ich will nicht auf den Turm."

Die Touristen wichen zur Seite, und die Kassiererin guckte sie neugierig an.

„Worum geht es?", fragte sie.

„Ich ... Ich suche meinen Onkel; er ist mit ein paar Borussia-Fans unterwegs. Sind die zufällig den Turm hoch?", keuchte Rahel.

Die Frau runzelte die Stirn.

„Borussia-Fans? Wie sehen die aus?"

Offensichtlich verstand sie nichts von Fußball.

„Schwarz-gelb“, beschrieb Rahel. „Mit ... Mit Bierdosen in der Hand und Schals und Fahnen und so.“

„Nein, tut mir leid“, sagte die Kassiererin und sah dabei aus, als wäre sie eigentlich ganz froh, „die waren nicht bei mir.“

„Okay“, sagte Rahel und lief zurück in den Nieselregen, ohne sich zu bedanken.

Was jetzt? Mit zitternden Fingern tippte sie das Wort „Reper“ in die Suchzeile ihrer App. Tatsächlich war das Ziel bekannt. Ein Vorschlag erschien. Reeperbahn, man schrieb es mit zwei e. Rahel schluckte. Sie hatte keine Ahnung, was sie an diesem Ziel erwartete, aber ein beunruhigender, neuer Gedanke tauchte in ihrem Kopf auf: *Was ist, wenn Onkel Anton etwas zustößt?* Gnadenlos lieferte ihr Gehirn auch gleich die Antwort. *Dann bist du schuld,* flüsterte es in ihrem Kopf. *Du hattest die Verantwortung übernommen!*

„Vierzehn Minuten“ zeigte die App an. Wenn sie weiter so schnell joggte, schaffte sie es vielleicht in zehn oder elf. Nachdem sie sich noch einmal umgeguckt hatte, lief sie weiter. Hoffentlich hatten die Fußballfans denselben Weg genommen! Mittlerweile waren nicht nur Rahels Schuhe, sondern auch ihr Gesicht und ihre Haare pitschnass, aber sie dachte nicht daran, die Kapuze aufzusetzen. So schnell sie konnte, rannte sie mit offener Jacke weiter an der breiten, mehrspurigen Straße entlang, immer geradeaus bis zum Millerntorplatz.

Hier begann die Reeperbahn. Jedenfalls hieß die Straße so. Rahel blieb abrupt stehen. Sie bekam kaum noch Luft und musste husten, obwohl sie sich vorbeugte. Doch die heißen Stiche in der Lunge verdrängten wenigstens für einen Moment den anderen Schmerz. Die Qual, die das schlechte Gewissen auslöste, das in ihrem Innern um sich biss. Wasser tropfte aus Rahels Haaren und Augen auf den Bürgersteig. Schnaufend richtete sie sich schnell wieder auf, wischte sich mit den Händen das Gesicht ab und überquerte den Platz, ohne die seltsam krummen Hochhäuser zu ihrer Linken zu beachten. Die Türme sahen aus, als würden sie tanzen, doch Rahels Schritte waren jetzt schleppend schwer, ihre Beine müde.

Zu allem Überfluss kamen die anklagenden Gedanken zurück und brachten noch ein paar neue mit. *Wenn Onkel Anton etwas passiert, bist du schuld! Du hast nicht aufgepasst! Du hast nur an dich selbst gedacht! Du wolltest die Diebin fangen! Es ging dir nur um deinen Erfolg! Anton war dir egal! Und freundlich bist du auch nicht! Und deine Bibel nützt neben deinem Bett nicht viel! Was ist jetzt mit deinen guten Vorsätzen? Schau, wohin du gekommen bist! Diese Gegend ist gefährlich, du solltest nicht hier sein! Anton sollte nicht hier sein! Ihr gehört hier nicht her!*

Plötzlich drang Musik an Rahels Ohr! Laut und aufdringlich und aus verschiedenen Richtungen. Es roch schwach nach Pommes und Burgern. Das Festival, das die Frau im Miniatur Wunderland erwähnt hatte, fiel ihr ein. Natürlich! Deswegen standen auch so viele Verkaufstische und Buden auf der Straße! T-Shirts in allen Farben und Größen mit dem Logo des Festivals, Jutebeutel, CDs, Poster von Bands, Getränke und Fast Food wurden angeboten. Wer weiß, was es noch zu kaufen gab? Verbotene Dinge, die nur unter den Tischen gehandelt wurden?

Rahel lief ein paar Häuser weit in die Straße mit dem Namen Reeperbahn hinein. Anfangs hatte sie noch wie eine normale mehrspurige Straße ausgesehen. Herbstlaub klebte auf dem Bürgersteig, nass vom Regen. Benzingeruch lag in der Luft. Aber jetzt reihte sich Spielhalle an Spielhalle. Die Schaufensterpuppen in dem einzigen Bekleidungsgeschäft trugen seltsame Unterwäsche. Rahel fühlte sich immer weniger wohl. Sie zog die Schultern hoch. Im Tageslicht wirkten die bunten Fassaden schmutzig. Einige waren beschädigt. Man sah kaputte Neonröhren und Graffitis. In einem Hauseingang schlief ein Obdachloser. Sein Schlafsack guckte hinter den Mülltonnen hervor.

Vorsichtig schlüpfte Rahel in eine Seitenstraße. Aber hier wurde es auch nicht besser. Überall lag Müll herum. Die Häuser sahen ungepflegt aus, und die Menschen, die auf der Straße herumliefen, wollte sie sich lieber nicht genauer ansehen. Sie passten in die Gegend. Oder lag es vielleicht nur an dem Festival? Sah es hier sonst anders aus? Hübscher? Während sie das dachte, stolperte sie über eine Bordsteinkante. Um ein Haar wäre sie hingefallen, wenn sie sich nicht an einer Hauswand abgestützt hätte. Für einen Moment lehnte sie sich an das Haus. Dann stieß sie sich ab und wollte weitergehen.

Doch ihre Augen blieben an der Fassade des Gebäudes hängen, dem sie so nahe gekommen war. Sie war schlecht gestrichen; die Farbe war abgeblättert und der Putz abgeplatzt. Die Fenster blickten tot und leer in die Gegend; einige Scheiben waren gesprungen. Außerdem fehlten ein paar Steine im Mauerwerk, und die Tür hing schief in den Angeln. Es sah aus, als würde das Haus bald zusammenbrechen. Und plötzlich, ohne dass sie es wollte, sah Rahel sich selbst in einem anderen Licht. Es war, als sähe sie hier an diesem alten Haus in einen Spiegel, und was sie sah, war kein angenehmes Bild. Sie war doch kein Stück besser! So wie diese hässliche, unangenehme Gegend, so war sie auch. Innendrin jedenfalls. Und nur zu oft ließ sich ihr unsympathisches Innenleben auch draußen sehen. Was hatte sie Ronny schon alles an den Kopf geworfen? Wie sprach sie mit Silas, und wie genervt war sie manchmal von Onkel Anton, obwohl sie wusste, dass er geistig behindert war? Wie oft versuchte sie, sich vor unangenehmer Arbeit zu drücken, statt Mama zu helfen? Oha, sie passte genauso in diese Gegend wie dieses Haus.

Der Regen hatte aufgehört, und die Sonne brach durch die Wolken. Rahel spürte die Wärme und hob ihr feuchtes Gesicht der Sonne entgegen. Obwohl sie die Augen geschlossen hatte, war es nicht dunkel. Auf einmal war ihr vollkommen klar, dass sie hier niemanden finden würde. Vor allem nicht Onkel Anton. Er würde sich in dieser Gegend auch nicht wohlfühlen und den Ort so schnell wie möglich wieder verlassen. Aber wie würde er das tun, wenn er nicht wusste, wie? Wenn er die Richtung vergessen hatte, aus der er gekommen war? Woran sollte er sich orientieren, um nicht tiefer in diesen Häuser- und Menschendschungel oder in schlechte Gesellschaft zu geraten? Er hatte kein Handy und keinen Orientierungssinn. Er war wie ein hilfloses Kind. Fremde Menschen nach dem Weg zu fragen fiel ihm schwer. An wen würde er sich wenden, wenn er umkehren und zu den anderen Detektiven zurückwollte? Die Antwort war gar nicht so schwer. Onkel Anton würde beten und Gott um Hilfe bitten, und der würde ganz bestimmt jemanden schicken! Rahel schluckte. Ihre Augen wurden wieder feucht, aber diesmal vor Erleichterung und Freude, denn sie hatte dieselbe Möglichkeit! Genau das würde sie jetzt auch tun: sich an Gott wenden, und zwar gründlich!

John Piper hatte seinen Vortrag gerade beendet. Peter Schmickler sah auf die Uhr. Viertel vor eins. Das hieß, es blieb noch etwas Zeit bis zum Mittagessen. Die Vernehmung des Kronzeugen im Rockerprozess dürfte sehr wahrscheinlich jetzt oder in Kürze vorbei sein. Vom Gericht bis zur Arche waren es mit dem Auto neun Kilometer und mindestens siebzehn Minuten, wenn es keinen Stau gab. Opa sah sich um. Werner war vorne rechts bei seiner Gruppe stehen geblieben. Die Männer schienen in ein angeregtes Gespräch vertieft.

Opa seufzte und rief Silas an, aber sein Enkel ging nicht ans Telefon. Also schrieb Opa.

„Ich habe Werner die ganze Zeit im Auge. Er ist immer noch hier."

Den Satz verzierte Opa noch mit einem Daumen hoch und einem Smiley. Doch als er wieder hochblickte, fehlte Werner vorne in der Gruppe. Herr Schmickler schlenderte zu ihnen hinüber.

„Guten Tag, Peter Schmickler. Ich bin ein Freund von Werner Schrober und wollte ihn kurz sprechen", stellte er sich vor. „Wissen Sie, wo er hingegangen ist?"

„Ach, wie schön!", sagte ein dicker Mann und griff nach Opas Hand. „Werners Freunde sind auch unserer Freunde. Er ist mal eben aufs Klo", gab er bereitwillig Auskunft.

„Dann schau ich da mal!", verabschiedete sich Opa. „Wir können uns ja beim Mittagessen zusammensetzen, oder?"

„Aber gerne", stimmte der Mann zu. „Auf jeden Fall!"

Opa nahm den bekannten Weg aus dem Saal heraus, geradeaus, eine Treppe tiefer und dann die zweite Tür links. Doch kein Werner Schrober begegnete ihm. Opa ging zurück zum Café mit der Kaffeebar.

„Entschuldigung", fragte er eine der freiwilligen Helferinnen. „Gibt es hier zwei Männertoiletten?"

„Leider nein", bedauerte die Frau und goss Kaffee in eine Tasse. „Ist alles besetzt? Sonst stehen doch nur wir Frauen Schlange", kicherte sie.

„Nein, nein. Alles gut", winkte Opa ab, „ich suche nur jemanden."

„Wen suchen Sie denn?", fragte eine Frau hinter ihm. „Vielleicht kann ich Ihnen weiterhelfen. Vera Müller", stellte sie sich selbst vor.

Herr Schmickler drehte sich um. Eine ältere, doch durchaus noch attraktive Dame stand hinter ihm. Sie hatte weißes, aber kräftiges, lockiges Haar und lächelte ihn an. Ihre Haut war noch fast glatt, nur in den Augenwinkeln saßen ein paar Lachfältchen. Sie konnte noch keine sechzig sein. Opa richtete sich auf.

„Schmickler", sagte er. „Peter Schmickler, und ich suche Pastor Werner Schrober. Kennen Sie ihn etwa auch?", fragte er.

Die Frau lachte kurz. Es klang nicht albern, sondern fröhlich. Sie zog den Blazer ihres dunkelblauen Kostüms glatt.

„Leider nein!", sagte sie dann bedauernd. „Aber wenn Sie ihn mir beschreiben, helfe ich trotzdem bei der Suche", bot sie an.

„Das ist sehr freundlich", sagte Opa und suchte auf seinem Smartphone ein Bild von Werner. Er hielt es Frau Müller hin. „So sieht der Gesuchte aus, aber er kann nicht weit sein", sagte er augenzwinkernd. „Er würde nämlich auf keinen Fall das Mittagessen verpassen."

Vera Müller ließ wieder ihr fröhliches Lachen hören.

„Auf keinen Fall?", fragte sie.

Opa schüttelte den Kopf.

„Auf gar keinen."

„Na, dann können Sie Ihren Freund ja gar nicht verfehlen", sagte Vera Müller und schaute genau auf das Handy-Display. „Ich glaube tatsächlich, ich habe ihn gerade hinten in dem kleinen Saal mit der Bühne gesehen, in dem die Jugendgottesdienste stattfinden. Er scheint auch einen solchen Raum in seiner eigenen Gemeinde einrichten zu wollen und war auf Ideensuche."

„Das sieht ihm ähnlich", meinte Opa. „Das muss er sein. Und wo finde ich diesen Jugendgottesdienstraum?"

„Gleich hier hinter dem Café. Ich bringe Sie hin", sagte die Frau.

DIE DAVIDWACHE

„G... Guten Tag!", sprach Anton Schmickler den Uniformierten an, der zusammen mit einem Kollegen über die Festmeile auf der Reeperbahn ging. „I... Ich ... w... will zu Rahel, und ich weiß nicht, w... wo die is!"

Die Polizisten blieben stehen und sahen ihn aufmerksam an.

„Wer ist denn diese Rahel?", fragte der jüngere Beamte der beiden.

Er trug ein kurzärmeliges Uniformhemd, sodass man die Tätowierung auf dem Unterarm gut sehen konnte. Sein älterer Kollege grinste.

„Interessanter Name", murmelte er. „Aber nicht schlecht."

„R... Rahel Schmickler, d... dreizehn ist die, u... und i... ich bin der Onkel."

„Und ihre Nichte ist hier allein auf dem Reeperbahn-Festival unterwegs?"

Der ältere Polizist guckte plötzlich ernst.

„N... Nein, i... in der Speicherstadt. I... In der Speicherstadt is die."

„Das ist aber ein Stückchen entfernt."

„I... Ich weiß", sagte Onkel Anton und klang dabei unfreundlich. Doch eigentlich hatte er nur Angst ohne die Borussen-Fans. „W... Weiß ich doch."

„Wissen Sie denn auch, wie Sie zur Speicherstadt kommen, Herr ... Schmickler?", fragte der Polizist vorsichtshalber und versuchte es mit dem Nachnamen der erwähnten Nichte. Ihm war klar, dass dieser Erwachsene anders war als andere und wahrscheinlich Hilfe brauchte.

„Nö", gab Onkel Anton unumwunden zu, aber seine Augen blickten plötzlich unruhig.

„Dass Sie auf dem Kiez sind, wissen Sie aber schon, Herr Schmickler, oder?", wollte der Tätowierte wissen.

Der Nachname schien richtig zu sein. Onkel Antons Gesicht hellte sich auf. Er nickte. Nicht, weil er wusste, dass er auf dem Kiez war, sondern weil er das Wort aus seiner Lieblingsfernsehserie *Großstadtrevier* kannte. Onkel Anton konnte alle Hauptpersonen dieser Serie mit Namen benennen, und er wusste auch, wo die Serie spielte.

„A... Auf dem Kiez!", grinste er. „D... Dann kann ich Dirk Matthies besuchen. A... Auf dem vierzehnten Revier. D... Der is berühmt, u... und der findet Rahel. D... Der löst immer alle Fälle."

„Ja, bestimmt", sagte der Tätowierte und konnte sich ein Grinsen nicht verkneifen.

„K... Kennen Sie den auch?", fragte Onkel Anton.

„Und ob wir Dirk Matthies kennen", behauptete der ältere Polizist lächelnd. „Leider arbeitet der nicht mehr hier."

„Sch... Schade", sagte Onkel Anton.

„Ja, schade, aber wir nehmen Sie mal mit zur Davidwache, die ist auch ganz schön berühmt. Sie hat zwar eine andere Nummer, aber wir vom PK 15 finden Rahel auch", versprach er und wies in Richtung Spielbudenplatz. „Wenn Sie uns bitte folgen würden."

„D... David kenn ich auch. D... Der hat Goliath erschlagen!“, sagte Onkel Anton und setzte sich in Bewegung.

„Ja, genau der David ist das“, sagte der Polizist und zwinkerte seinem Kollegen zu. „Irgendwie kämpfen wir auch alle gegen Goliath, oder, Benni?“

Der junge Kollege nickte. Zu dritt gingen sie die Reeperbahn entlang. Anton plauderte erleichtert über seine Borussia, die netten Fans und über das *Großstadtrevier*.

„P... Papa guckt das auch gern. D... Der ist auch Polizist. D... den können Sie auch anrufen“, sagte er, kurz bevor sie die Wache erreichten. Die Beamten blieben stehen.

„Haben Sie die Nummer griffbereit?“, fragte der Jüngere.

„J... Ja, auf meinem Handy“, antwortete Onkel Anton und guckte auf seine Füße.

„Und wo ist das Handy?“, hakte der Ältere nach. Er ahnte schon, was kommen würde. Onkel Anton grinste verlegen den Boden an und kratzte sich am Kopf.

„I... In der Jugendherberge is das. Auf dem Stintfang. D... Das sollte nicht gestohlen werden.“

„Klar, das leuchtet ein“, nickte der junge Polizist freundlich. „Aber da nützt es natürlich nicht viel, Herr Schmickler.“

„Trotzdem ist das doch schon mal was. Dann rufen wir von der Wache aus dort an, Benni, wahrscheinlich ist sein Vater in der Jugendherberge.“

„Nee, der ist in der Arche. I... In der Arche is der“, sagte Onkel Anton.

Jetzt konnte der junge Beamte nicht mehr.

„Wahrscheinlich mit Jona!“, prustete er los.

„N... Nein, mit Werner!“, sagte Anton völlig ernst.

Der ältere Polizist schüttelte den Kopf.

„Du hast wirklich keine Ahnung, Benni. Es war Noahs Arche, nicht Jonas, und hier in Hamburg handelt es sich um den Namen einer Kirche.“

Sein Kollege wurde rot.

„Das ist ganz hervorragend, Herr Schmickler, dann erwischen wir Ihren Vater dort, und er kann Sie hier abholen und Sie sind rechtzeitig bei Ihrem Spiel heute Abend."

„Jo", sagte Onkel Anton und rieb sich die Hände. „D... Drei eins, sag ich!"

„Logo. Für Hamburg natürlich", schmunzelte der Polizist und hielt Anton die Tür zur Wache auf.

Anton tippte sich an die Stirn.

„V... Von wegen!"

Wider Erwarten hatte Peter Schmickler den Pastor der SEGE auch im Jugendraum nicht angetroffen, und mittlerweile war es Zeit für das Mittagessen.

„Oh, das tut mir leid", sagte Vera Müller. „Gerade war er noch hier."

Sie schnupperte.

„Oh, wie das duftet! Wenn mich nicht alles täuscht, gibt es Rindergulasch. Tröstet Sie das darüber hinweg, dass Sie Ihren Pastor nicht finden?"

„Ehrlich gesagt, nein", sagte Opa. „Aber jetzt kann er mir nicht mehr entwischen. Beim Mittagessen sitze ich bei ihm."

Er wandte sich der Treppe zu und zögerte. Doch Vera Müller blieb stehen. Es sah so aus, als ob sie sich nicht aufdrängen, eine Einladung aber durchaus annehmen wollte. Sie lächelte, als würde sie gleich „Auf Wiedersehen" sagen. Opa gab sich einen Ruck.

„Möchten Sie uns auch Gesellschaft leisten, oder sind Sie mit einer festen Gruppe hier?", lud er die fremde Frau ein.

„Nein, ich bin allein", lächelte sie und ging langsam auf Opa zu. „Und ich esse gerne mit Ihnen. Außerdem muss ich unbedingt wissen, ob Ihr geheimnisvoller Pastor tatsächlich wieder auftaucht."

Opa lachte und hielt der Frau die Tür auf. Sie verließen das Gebäude und betraten das Zelt, das neben der Arche aufgebaut worden war, um alle Gäste bewirten zu können. Auch hier waren schon fast alle Plätze besetzt. Es dauerte ein bisschen, bis Peter Schmickler Werner entdeckt hatte. Der Pastor hatte ihn auch gesehen und nickte ihm zu. Er saß umgeben von seinen Freunden, aber ein Platz in seiner Nähe war noch frei. Doch als Opa gerade auf ihn zusteuern wollte, hörte er aus dem Lautsprecher unter dem Zeltdach seinen Namen.

„Herr Schmickler wird gebeten, ins Büro ans Telefon zu kommen. Herr Peter Schmickler bitte dringend ins Gemeindebüro!", sagte die Frauenstimme.

Opa runzelte erschrocken die Stirn. Wer wollte denn etwas von ihm und rief auf dem Festnetz an? Die Kinder hatten doch alle seine Handynummer und seine Schwiegertochter auch! Unruhig sah Opa seine Begleiterin an. Hoffentlich war nichts passiert! Was war denn so wichtig, dass man ihn ausrufen ließ? Vera Müller war sofort wieder hilfsbereit.

„Ich weiß, wo das Gemeindebüro liegt. Soll ich Sie hinbringen?"

„Nein danke, nicht nötig", sagte Opa. „Ich kenne den Weg. Ist ja ausgeschildert."

Die nette Dame nickte und trat einen Schritt zurück, um Peter Schmickler Platz zu machen.

„Viel Glück", sagte sie leise, als er an ihr vorbeiging.

Keine Minute später betrat Opa das Gemeindebüro der Arche. Die Sekretärin reichte ihm den Telefonhörer.

„Polizei. Die Davidwache", erklärte sie ernst.

Opa schluckte und drückte den Hörer ans Ohr.

„Schmickler?", sagte er und hielt den Atem an.

„P... Papa!", antwortete Onkel Anton und versuchte, alles auf einmal zu erzählen.

„Moment!“, unterbrach Opa den Wortschwall seines Sohnes. „Du bist wo?! Auf der Reeperbahn?“, fragte er vorwurfsvoll.

„Na ... na und? Ich bin doch erwachsen u... und ich bin hier bei den Kollegen. B... Bei den Kollegen von Dirk Matthies“, erklärte Onkel Anton gut gelaunt. „D... Die sind nett!“

„Das ist schön“, sagte Opa. „Kannst du mir denn dann einen von den netten Kollegen mal geben?“, fragte Opa.

„K... Klar! Hier!“, hörte Herr Schmickler seinen Sohn sagen. „D... Das is Papa, der will Dirk Matthies sprechen.“

Im Hintergrund erklang Gelächter. Opa schmunzelte. Offenbar sorgte sein Sohn für Heiterkeit. Ein Mann kam ans Telefon.

„Polizeikommissar Sponner“, meldete er sich. „Keine Sorge, Herr Schmickler, es geht Ihrem Sohn gut. Er hatte sich verlaufen und genau das Richtige getan, nämlich zwei Kollegen um Hilfe gebeten. Sie sollten nur Ihre Enkeltochter benachrichtigen, ich glaube, sie war zuletzt mit Ihrem Sohn zusammen und sucht ihn wahrscheinlich. Und wir wollen ja nicht, dass sie sich hier auch noch verläuft.“

„Ja, vielen Dank, das werde ich tun“, versprach Opa und sah auf die Uhr. „Ich beeile mich. In spätestens dreißig Minuten bin ich auf der Wache.“

„In Ordnung. Aber noch länger kann Ihr Sohn hier nicht warten, auch wenn er friedlich vor dem Tresen auf der Bank sitzt und die ganze Wache unterhält.“ Herr Schmickler konnte den Kollegen durch das Telefon schmunzeln hören, und seufzte erleichtert. „Ich behalte Ihren Sohn im Auge. Zurzeit ist nicht viel los, aber das kann sich jeden Moment ändern“, sagte der Polizist.

„Ich komme, so schnell ich kann“, sagte Opa und legte auf. Dann ging er nach draußen und wählte Rahels Nummer.

EINE SELTSAME SOLDATIN

Opa starrte auf sein Handy. Warum ging Rahel nicht dran? Warum drückte sie ihn weg? Das Telefon hatte doch nur einmal geläutet. Hoffentlich machte sie keine Dummheiten! Vielleicht war aber auch nur die Verbindung abgerissen. Er versuchte es bei Silas.

„Hallo, Opa!", meldete der sich zum Glück sofort und sprudelte ohne Luft zu holen alles hervor, was geschehen war.

Erst danach kam Peter Schmickler wieder zu Wort und konnte ihn beruhigen, zumindest was Onkel Anton betraf.

„Ah, gut! Gott sei Dank! Wir hätten dich jetzt auch angerufen. Ich mache mir solche Sorgen um Rahel", schloss Silas.

„Ja, ich auch", sagte sein Opa, „aber noch ist es heller Tag, und sie wird sich hoffentlich bald melden oder an ihr Telefon gehen. Wo seid ihr gerade?"

„Gerade aus der S-Bahn ausgestiegen und schon auf dem Weg zu dir."

„Gut, dann warte ich hier draußen auf euch, und wir fahren gemeinsam zur Davidwache, damit wir niemanden mehr verlieren", bestimmte Opa. Das Mittagessen würde ausfallen müssen, aber er hatte ohnehin keinen Hunger mehr. „Scheint ja, als wolltet ihr unbedingt alle Polizeikommissariate hier in Hamburg kennenlernen."

„Also, ich bestimmt nicht!", wehrte Silas ab. „Bis gleich!"

Peter Schmickler legte auf und schloss kurz die Augen. Er gab sich eine Stunde, in der er noch versuchen würde, Rahel telefonisch zu erreichen oder sie zu finden. Dann würde er seinen Sohn oder seine Schwiegertochter informieren müssen.

„Schlechte Neuigkeiten?", fragte ihn eine bekannte Stimme leise.

Vera Müller war ihm nach draußen gefolgt. Diesmal lächelte sie nicht, sondern sah ihn abwartend an. Opa nickte leicht.

„Halb und halb", antwortete er, ohne Einzelheiten zu erzählen. „Leider kann ich nicht mehr bleiben, sondern muss mit meinen Enkeln zur Davidwache fahren. Ich hole nur rasch meine Jacke. Sie sind jeden Moment hier."

Er wandte sich dem Gebäude zu. Frau Müller sah ihm nachdenklich hinterher. Dann machte sie ein paar Schritte in die entgegengesetzte Richtung und schien mit ihrer Armbanduhr zu sprechen.

Peter Schmickler lief durch das Café, um zur Treppe ins Untergeschoss zu gelangen. Auf dem Weg sah er sich flüchtig nach Werner um. Er befand sich immer noch im Speisesaal. Der Teller vor ihm war schon leer, aber er saß noch am Tisch. Opa Schmickler eilte, ohne zu grüßen, vorbei und hinunter zur Garderobe. Dort musste er eine Weile nach seiner Jacke suche, dann zog er sie im Gehen an, stürmte die Treppe wieder hinauf und aus der Arche hinaus.

„Viel Glück, Herr Schmickler", sagte Vera Müller.

Sie schien am Eingang auf ihn gewartet zu haben. Opa stoppte kurz und wandte sich noch einmal der Frau zu. Er wollte nicht unhöflich sein.

„Auf Wiedersehen", sagte er und sortierte seinen Jackenkragen. „Es ... es freut mich, ihre Bekanntschaft gemacht zu haben."

Frau Müller sah ihm offen in die Augen. Es schien, als wollte sie noch etwas sagen. Doch da hörte er Silas rufen und wandte den Kopf in die Richtung, aus der die Jungenstimme kam. Sein Enkel und Ronny und Sophia rannten auf ihn zu.

„Wir haben uns mega beeilt", keuchte Silas.

„Prima!", lobte Opa und zog ihn zurück in Richtung Straße. „Dann kommt! Wir gehen gleich wieder zur S-Bahn. Oder muss noch jemand aufs Klo?"

Alle drei Detektive schüttelten den Kopf. Sophia kicherte nervös.

„Auf Wiedersehen!", rief Vera Müller Opa und den Kindern hinterher.

Sie waren auf dem Bürgersteig schon nach links abgebogen und drehten sich jetzt noch einmal um. Deswegen konnten sie alle den Mann sehen, der aus dem Eingang kam. Er blieb neben Frau Müller stehen.

„Da ist Werner ja", sagte Silas überrascht und erleichtert.

„Ja, er war die ganze Zeit hier", wiederholte Opa noch einmal und zögerte kurz.

Aber da er jetzt schon ein ganzes Stück vom Gebäude entfernt war und keine Minute mehr verlieren wollte, entschied er sich gegen eine Umkehr. Er hob nur die rechte Hand und winkte Werner. Frau Müller schien ihm zu erklären, dass sein Freund dringend wegmusste, denn sie zeigte in seine Richtung und tippte auf ihre Armbanduhr. Dann sah Peter Schmickler, wie Werner nickte und langsam den linken Arm hob, um kurz zurückzuwinken. Seine rechte Hand steckte in der vorderen Hosentasche. Opa stutzte kurz, während er seinen eigenen Arm etwas langsamer als sonst sinken ließ. Jetzt zog Werner sein Handy aus der linken Hosentasche und hielt es hoch, um zu signalisieren, dass er anrufen würde. Peter Schmickler nickte seinem Freund rasch zu, doch als er sich umdrehte, um den Kindern zu folgen, die schon weitergegangen waren, verharrte er noch einmal einen Moment. Er schüttelte sich, und das lag nicht am typischen Hamburger Wetter! Es war ein Gedanke, der ihn frösteln ließ, kalt und glasklar wie Gletscherwasser. Er jagte ihm einen eisigen Schauer über den Rücken und ließ ihn innerlich erstarren. Vielleicht ... ja, vielleicht war Rahels Verdacht doch nicht so abwegig! Denn irgendetwas an dem Mann auf der anderen Straßenseite stimmte nicht. Irgendetwas an ihm war seltsam! Er warf noch einen letzten Blick auf Werner und begriff plötzlich, was hier abgelaufen war.

Rahel entdeckte eine Bank, die in der Nähe stand. Sie war nicht besonders hübsch, und das Holz war noch feucht vom letzten Schauer, aber das war ihr egal. Sie war sowieso durchgeschwitzt vom vielen Laufen, und ihre Hose war nass vom Regen. Das Mädchen setzte sich auf die Bank und schloss die Augen. Es tat gut, sich einen Moment auszuruhen. Dann stützte Rahel ihre Ellbogen auf die Knie und legte den Kopf auf die Hände. Die Welt und die Menschen um sie herum verschwanden. Jetzt war sie allein, und niemand konnte sie mehr sehen und hören. Niemand außer Gott, so kam es ihr jedenfalls vor. Sie seufzte erleichtert. Ihr Handy klingelte zum zweiten Mal, doch Rahel drückte den Anrufer wieder weg. Sie konnte jetzt nicht mit Opa sprechen.

„Lieber Vater im Himmel“, betete sie in Gedanken. „Ich ... Ich weiß selber nicht, was ich hier tue. Ich bin einfach losgerannt, um Onkel Anton zu finden. Aber ich glaube, eigentlich bin ich weggelaufen. Vor den anderen, vor dem Anruf bei Opa, vor ... ja, vor dem, was ich angerichtet habe ... vor meiner Schuld. Und ... Und vor dir!“

Keiner der Vorübergehenden konnte sie hören. Aber der, den es vor allen anderen anging, freute sich über jedes einzelne Wort. Jetzt stöhnte Rahel leise und holte tief Luft.

„Aber ich will nicht mehr weglaufen. Ich möchte nicht mehr alleine durch mein Leben stolpern, sondern an deiner Hand gehen. Ich will umkehren ... zu dir. Ich möchte bei dir sein, damit du mir besser helfen kannst. Danke, dass du für meine Schuld gestorben bist, Herr Jesus. Du bist nicht weggelaufen. Es tut mir so leid, vergib mir bitte!"

Als sie diesen letzten Gedanken dachte, entspannte sich ihr Gesicht. Sie lächelte ganz leicht, aber kein Mensch bemerkte es, nicht einmal sie selbst. Doch in diesem Moment wurde ihr leichter ums Herz. Sie stoppte kurz in ihren Gedanken und freute sich einfach. Jetzt wollte sie Gott noch für Onkel Anton bitten, doch sie kam nicht mehr dazu, denn irgendetwas hatte sich verändert. Etwas war anders als gerade eben noch. War da jemand? Rahel hob den Kopf. Und tatsächlich! Vor ihr stand eine Frau. Aber ... Rahel runzelte die Stirn. Sie passte irgendwie nicht hierher in ihrer feinen Kleidung. Gehörte sie wirklich nach St. Pauli? Der graue Rock, der graue Blazer – Moment! Es war eine Uniform! Die Frau trug eine Uniform, also war sie eine ... ja, was nur? Eine Feuerwehrfrau? Das hier war jedenfalls keine Polizeiuniform. Aber eine Feuerwehrfrau im Rock? Gab es das? Konnte man in dieser Kleidung Feuer löschen? Wohl kaum. Dann blieb nur noch eine Soldatin? Da waren rote Schulterklappen auf der Uniformjacke. Die Frau lächelte sie an und ging ein wenig in die Hocke. Rahel konnte jetzt das weiße S und zwei weiße Sterne auf den Schulterklappen sehen, auch wenn sie nicht wusste, was das bedeutete. S wie seltsam?

„Es gibt nichts, womit Jesus nicht fertigwird!", sagte die Frau, als sie genug gelächelt hatte.

In Rahels gerötetem Gesicht mit den verweinten Augen ging die Sonne auf.

„Ich weiß", sagte sie strahlend und fest überzeugt.

„Wie schön", lachte die Frau und freute sich mit.

Rahel nickte, und einen Moment schwiegen sie miteinander und ließen sich von der Sonne wärmen.

„Ich bin Kapitänin Grete Staack. Deswegen die Uniform. Das gehört zur Heilsarmee", erklärte die Frau dann. „Kann ich noch irgendetwas für dich tun? Du scheinst nicht von hier zu sein. Hast du dich verlaufen?"

Rahel schüttelte erst den Kopf, doch dann lachte sie und nickte.

„Nein und ja", sagte sie. „Wir sind Touristen aus der Eifel, und ich suche meinen Onkel. Eigentlich waren wir in der Speicherstadt unterwegs, aber dann habe ich ihn allein gelassen, und er ist wahrscheinlich mit ein paar Borussen-Fans hierhergekommen."

Grete Staack guckte verwundert.

„Äh, Moment mal, du hast deinen Onkel allein gelassen, nicht er dich?", fragte sie.

„Ja, mein Onkel ist ein bisschen wie ein kleines Kind in manchen Sachen. Er findet sich zum Beispiel nicht zurecht in einer großen, unbekannten Stadt", erklärte Rahel. „Er hat sich bestimmt hier irgendwo verlaufen."

Sie sah sich um, als stünde Onkel Anton vielleicht hinter ihr. Plötzlich traute sie Gott das zu.

„Oh, ich verstehe. Weißt du, manchmal verlaufen sich hier auch große Kinder und sogar Erwachsene, glaub mir", lächelte die Frau. „Aber genau deswegen ist die Heilsarmee vor Ort, um den Menschen den Weg zu zeigen. Irgendwann oder irgendwie verlaufen wir uns alle einmal, habe ich recht?"

Rahel nickte. Was sie betraf, stimmte das auf jeden Fall.

„Dann lass uns doch zusammen für deinen Onkel beten, bevor wir ihn suchen."

„Genau das hatte ich gerade vor, als Sie vor mir standen. Ich war noch nicht ganz fertig mit Beten."

„Gut! Darf ich?", fragte Grete Staack und zeigte auf die Bank.

„Die ist nass", sagte Rahel, doch die Frau setzte sich, ohne zu zögern.

„Eine Hamburger Bank ist erst nass, wenn sie im Meer schwimmt", behauptete die Heilsarmeeoffizierin und neigte den Kopf. „Und selbst dann würde sich ein echter Hamburger darauf setzen." Sie dachte kurz daran, wie sie schon einmal vor ungefähr acht Jahren auf genau dieser Bank Platz genommen hatte, um einem verzweifelten Mann den Weg nach Hause zu zeigen. Was war wohl aus ihm geworden? Doch ihr blieben keine drei Sekunden, um weiter an die Vergangenheit zu denken.

„Lieber Vater im Himmel. Danke, dass du mich und Onkel Anton siehst. Bitte schicke du ihm doch einen Helfer", begann Rahel schon.

Es fühlte sich gut an, ihre Probleme vor Gott und dieser fremden Frau auszusprechen. Aber als sie das Wort „Helfer" benutzte, fiel ihr ein, was Opa immer sagte: „Die Polizei, dein Freund und Helfer!" Na klar! Natürlich! Das war die Lösung! Onkel Anton würde einen Polizisten suchen! Vor denen hatte er keine Angst. Sie waren alle Opas Kollegen und damit so etwas wie Freunde. Und sie würden ihm ganz bestimmt helfen, wenn er sie darum bat!

„Herr Jesus Christus, hilf uns, Onkel Anton zu finden, aber wenn nicht, dann will ich es Opa auch sagen und zugeben, was passiert ist ... dass ich ihn allein gelassen habe und weggelaufen bin. Danke, dass du mir vergeben hast, und bitte beschütze Onkel Anton!", schob sie schnell noch hinterher, bevor sie aufsprang.

„Wissen Sie, wo die nächste Polizeiwache ist?", fragte sie.

„Amen“, sagte die Frau und blickte auf. „Aber natürlich. Keine fünfhundert Meter von hier, geradeaus und um die Ecke. Warum?“

„Es könnte gut sein, dass mein Onkel da ist. Zumindest ist es eine Chance. Äh, könnten Sie vielleicht mit mir dahin gehen?“, bat Rahel. „Ich könnte zwar auch mein Handy als Navi benutzen, aber ...“

„Kommt gar nicht infrage!“, unterbrach sie die Frau. „Du solltest hier nicht allein unterwegs sein. Selbstverständlich bringe ich dich dahin. Unser Stützpunkt liegt in der Nähe.“

Die Soldatin stand auf und marschierte los.

„Danke!“, sagte Rahel und folgte der Kapitänin.

Ganz automatisch verfiel sie dabei in den Gleichschritt.

GLÜCKSFÄLLE UND ANDERE FÄLLE

„Der Anruf der Davidwache war ein echter Glücksfall!“, sagte der Mann, der eben noch im Speisesaal der Arche neben Werner gesessen hatte. „Ansonsten ist alles nach Plan verlaufen.“

Sein Gegenüber nickte bedächtig. Er war etwa Mitte vierzig und trug einen Anzug. „Ist er schon ausreichend gebrieft?“, fragte der Anzugträger.

„Ja. Wir haben alle Details weitergegeben. Wenn ich auch nicht verstehe, was die ganze Gesellschaft da an dem Redner fand, aber ... nun ja, wir brauchten die Vorträge nicht einmal mitzuschneiden. Die laden alles direkt auf YouTube hoch. So wie es aussieht, kann er sie jetzt in Ruhe nachhören.“

„Sehr gut.“

Beide Männer schwiegen, und die einzige Frau im Raum erhob sich. Sie zog ihren dunkelblauen Blazer glatt und warf die lockigen Haare zurück.

„So, wie ich euch kenne, Jürgen, habt ihr sogar an den kleinen Aufreger mit der fehlenden lactosefreien Milch gedacht“, behauptete sie und lachte ein angenehmes Lachen.

„Darauf kannst du wetten, Tina“, grinste Jürgen und schloss mit einem Mausklick den Ordner, den er auf seinem Notebook vor sich hatte.

„Feierabend?“, fragte die Frau.

„Für heute, ja. Jedenfalls für euch beide“, entschied der Mann im Anzug. „Gute Arbeit!“

Jürgen und Tina sahen sich an und nickten.

„War es das?“, fragte Jürgen und griff nach seiner Lederjacke.

„Ich denke, ja. Hoffen wir, dass unser Klient sich nicht erneut in Schwierigkeiten bringt. Mit etwas Glück ist die Sache nun ausgestanden. Bis Montag.“

Mit diesen Worten verließ der Anzugträger das Büro.

„Bist du derselben Meinung?“, fragte Jürgen seine Kollegin. „Bist du auch froh, dass es vorbei ist?“

„Warum fragst du mich das?“

„Na, der Typ schien dir gut gefallen zu haben, Tina. Das war nicht zu übersehen.“

Die Angesprochene lachte hell auf.

„Oh ja, ich gebe zu, dass er ein sehr sympathischer Mann ist ... “

Sie legte den Kopf schief.

„Aber Job ist Job, Jürgen. Und anscheinend war ich gut, wenn ich sogar dich überzeugt habe. Komm, ich lad dich auf einen Kaffee ein, damit du nicht noch eifersüchtig wirst“, zog sie ihn auf und hakte sich bei ihm unter.

„Da sag ich nicht Nein!“

„Opa!“, rief Rahel und sprang von der Bank auf.

Sie flog auf Herrn Schmickler zu und umarmte ihn stürmisch. Es war ihr ganz egal, wer gerade zuhörte oder zusah.

„Es tut mir so leid“, entschuldigte sie sich. „Ich hätte bei Anton bleiben sollen.“

Opa Peter umarmte seine Enkelin fest und atmete erleichtert auf.

„P... Papa, die D... Davidwache ist das“, erklärte Onkel Anton aufgeregt. Auch er war aufgestanden. „W... Wir sind hier auf dem Kiez. K... Kiez heißt das, Rahel, haste gehört?“

Opa musste lachen.

„Ja, Anton, ich weiß.“

„K... Kiez“, murmelte Anton und wandte sich Sophia zu, die er ebenfalls in der Tür entdeckt hatte. Sie blieb unschlüssig dort stehen, da in der Wache nicht viel Platz war. Ronny und Silas mussten schon draußen warten und bewunderten andächtig die ordentlich aufgereihten Polizeiwagen. „Kiez, Sophia! D... Da arbeitet Dirk Matthies, haste gehört?“

„Ja, Anton. Ich höre dir gerne zu“, sagte Sophia warm. „Besonders, wenn wir dich eine Weile vermisst haben. Schön, dich gesund wiederzusehen!“

Onkel Anton wandte sich verlegen grinsend wieder ab und steckte die Hände in die Hosentaschen. So stand er abwartend in der Gegend herum und murmelte ab und zu etwas vor sich hin.

„Ist schon gut, Rahel“, sagte Opa beruhigend und strich seiner Enkeltochter über die Haare.

Sie drückte immer noch ihr Gesicht in seine Jacke. „Es ist ja alles noch mal glimpflich abgegangen. Wir reden in Ruhe darüber. Jetzt möchte ich mich bei den Kollegen bedanken, in Ordnung?“

Rahel nickte. Opa sah auf und blickte dem älteren Polizisten, der Onkel Anton aufgesammelt hatte, ins Gesicht.

„Keine Ursache, Herr Schmickler. Dafür sind wir schließlich da. Und ganz nebenbei, es war uns ein Vergnügen.“

Er guckte zu Rahel, die jetzt neben ihrem Opa stand, und blinzelte ihr fröhlich zu.

„Ja, Anton war in Bestform“, lächelte sie.

Opa fasste sich an die Stirn und sah zu Boden.

„Oh, ich kann es mir lebhaft vorstellen", sagte er.

„D... Drei eins, sag ich, haste gehört, Sophia?! D... Drei eins für die Borussia", hörte man Onkel Anton im Hintergrund.

„Da wünscht man sich doch fast, dass wir verlieren", sagte der Polizist schmunzelnd zu Rahel. „Und jetzt seht zu, dass ihr wegkommt, damit euer Onkel sein Spiel bloß nicht verpasst."

„Geht klar."

„Danke", sagte Opa trotzdem noch einmal und drückte dem Polizisten fest die Hand.

„Gerne", antwortete der. „Und viel Spaß noch in Hamburg!"

„D... Den hab ich! Und tschüss", rief Anton Schmickler und verließ eilig die Wache.

Ronny entdeckte ihn zuerst.

„Dein Onkel!", sagte er und stieß seinen Freund an, der gerade auf sein Handy starrte.

„Hi Anton, Mann, bin ich froh!", grüßte Silas und steckte das Smartphone weg.

Soweit sein Onkel es zuließ, umarmte er ihn flüchtig.

„Ha... Hallo!", sagte Anton Schmickler.

„Warum bist du denn nicht am Museum geblieben?", fragte Silas.

Onkel Anton guckte schuldbewusst, zuckte dann aber die Schultern.

„K... Keine Ahnung", sagte er. „K... Kann ich dir nich sagen. D... Die wollten hierhin."

„Die Borussen-Fans?!"

„Ja, ja. G... Genau die." Anton grinste, und Silas schüttelte den Kopf.

„Und dann gehst du einfach mit? Du kennst die doch gar nicht!", sagte sein Neffe.

„N... Na und? Ich bin doch schon groß", wandte Onkel Anton ein und wechselte dann geschickt das Thema. „I... Ich hab die Kollegen von Dirk Matthies besucht. D... Die sind nett."

„Na, was für ein Glück!", lachte Silas.

MAMA

Hastig betrat Hannah Schmickler das Mädchenzimmer in der Jugendherberge am Stintfang. Hier hatten sich die vier Freunde versammelt, während Opa und sein Sohn das Freitagabendspiel im Volksparkstadion genossen.

„Rahel! Hast du ein Handtuch für mich?“, rief sie.

Ihre Locken trieften vom Regenwasser. Sie hatte keinen Parkplatz in der Nähe gefunden und war ein Stück durch das Hamburger Herbstwetter gelaufen, bis sie den Eingang der Jugendherberge gefunden hatte. Erst als ihre Haare einigermaßen trocken waren, umarmte sie Rahel fest und schaute dann ernst zu Silas.

„Du meine Güte! Kinder, kann man euch nicht einmal für ein paar Tage aus den Augen lassen!? Gleich legt ihr euch wieder mit Verbrechern an. Ihr solltet doch Urlaub machen und keine Horde von Taschendieben stellen!“

Sie schüttelte den Kopf.

„Das waren nur zwei, Mama“, korrigierte Silas. „Das ist nun wirklich keine ganze Bande.“

„Schlimm genug, mein Sohn. Ich musste mich vor Schreck setzen, als Opa mir davon am Telefon erzählt hat“, sagte Mama und nahm auf einem der beiden Stühle Platz, die am

Tisch standen. Ihre Handtasche hängte sie an die Lehne. Ronny und Silas saßen auf Rahels Bett. Rahel brachte das Handtuch wieder ins Bad und blieb am Fenster stehen.

„Ist das ein Regen!", sagte sie. „Und Opa und Anton sitzen im Stadion beim Fußballspiel. Wusstest du, Mama, dass Regen für einen echten Hamburger nur Konfetti ist, das vom Himmel fällt?"

„Lenk nicht ab, Rahel", mahnte Hannah Schmickler und klopfte auf den Tisch. „Über Fußball und das Wetter reden wir, wenn ich mit meiner kleinen Ansprache fertig bin. Ich will mir gar nicht vorstellen, was hätte passieren können!"

„Wir können doch nichts dafür, dass die Täter ausgerechnet Rahel und Onkel Anton beklaut haben", protestierte Silas.

„Genau", half Rahel ihrem Bruder. „Es war einfach Pech, dass die Diebin glaubte, Onkel Anton hätte sie fotografiert. Nur deswegen wollte sie die Kamera haben. Das hat der Polizist vorhin Opa am Telefon erzählt."

„Und ein dummer Zufall, dass sie Rahel in ‚Planten un Blomen' als Opfer ausgewählt hat", erklärte Ronny.

„Nein, dafür könnt ihr natürlich nichts", stimmte Mama zu. „Und ich freue mich auch aufrichtig für Anton und Rahel, dass dieses Mädchen oder die junge Frau, die euch bestohlen hat, so redselig war und wir die geklauten Sachen tatsächlich bald wiederbekommen. Zum Glück waren sie noch nicht verkauft. Aber Opa hat mir auch gesagt, dass das dritte Zusammentreffen in der Speicherstadt alles andere als Zufall war! Ihr habt dort bewusst nach den Tätern gesucht, und ihr hattet recht mit eurer Vermutung, dass sie heute dort sein würden."

„Es war das vierte Zusammentreffen, Mama", sagte ihr Sohn. „Du vergisst den Michel."

„Wie? Ach ja, der Michel. Rahel, es hätte völlig genügt, die Polizei zu rufen. Solchen Menschen rennt man nicht hinterher!“, wandte Frau Schmickler sich wieder an ihre Tochter.

„Ja, ich weiß, Mama, und es tut mir aufrichtig leid!“, sagte Rahel und nahm ihre Mama in den Arm.

Sie wurde zwar etwas rot, aber ihre Augen strahlten.

„Nanu? Gibt es da noch etwas, das ich wissen sollte?“, fragte Mama.

Sie wunderte sich, dass Rahel so zufrieden wirkte, obwohl sie sie gerade zurechtgewiesen hatte.

„Onkel Anton hat einen perfekten Tag gehabt. Borussen-Fans und Dirk Matthies. Es fehlt nur noch ein Sieg im Volksparkstadion.“

„Und deswegen bist du so glücklich?“, schmunzelte Mama. „Kannst du in die Zukunft sehen?“

„Wer weiß?“, fragte Rahel zurück.

Sie war so dankbar, dass Onkel Anton nichts passiert war und dass Gott ihr vergeben hatte, dass sie sich rundum zufrieden und glücklich fühlte. Aber diese Neuigkeit behielt sie noch einen Moment für sich, bis sie mit Mama alleine war.

„Aber *ich* kann in die Zukunft sehen“, behauptete Mama. „Ich weiß nämlich, dass ihr heute Abend alle schön hier in der Jugendherberge bleibt. Und morgen, das verspreche ich euch, lasse ich euch keine Sekunde aus den Augen!“

„Das macht nichts, Frau Schmickler“, meinte Ronny. „Für den Moment sind alle unsere Fälle geklärt, und es regnet sowieso. Wir könnten allerdings mal eine Runde Tischkicker spielen oder unsere Aktenmappe bearbeiten.“

„Tischkicker? Gute Idee, Ronny“, sagte Rahel. „Geht doch schon mal vor. Ich komme gleich nach.“

„Okay“, meinte Sophia. „Ihr wollt noch einen Moment allein sein. Hab schon verstanden. Kommt, Jungs, ich habe an der Rezeption Kickerbälle gesehen. Die kann man ausleihen.“

Sie schob Silas in Richtung Tür und zerrte Ronny hinter sich her.

„Hey, lass mein T-Shirt los, ich komme freiwillig mit“, lachte Ronny. „Mädchen gegen die Jungs“, bestimmte er und zog die Tür hinter sich zu.

„Klar, ich mach euch nass!“, versprach Sophia.

„Und? Was ist?“, fragte Hannah Schmickler ihre Tochter, als die Schritte auf dem Flur und das Lachen verklungen waren.

Rahel rückte ganz dicht an Mama heran, und dann sprudelte alles aus ihr heraus, was sie heute erlebt und durchdacht hatte.

„Ich weiß, dass Gott mir vergeben hat, und ich möchte auch Papa und dich um Vergebung bitten. Ich war in letzter Zeit ganz schön zickig“, sagte sie schließlich, als sie endlich fertig war.

Mama hatte sie nicht einmal unterbrochen. Jetzt legte sie den Arm um ihre Tochter und zog sie an sich. Rahel konnte ihr Herz laut und schnell klopfen hören.

„Ich ... Ich kann dir gar nicht sagen, wie glücklich mich das macht“, sagte Mama.

Ihre Stimme war ungewohnt leise und sanfter als sonst. Überrascht sah Rahel auf. In Mamas blauen Augen glitzerten Freudentränen.

„So sehr?“, fragte Rahel, und Mama nickte nur stumm. „So wie die Engel im Himmel“, sagte sie dann nach einer Weile. „Weißt du, ich habe mir schon seit längerer Zeit Sorgen um dich gemacht und viel mit Papa und Opa für dich gebetet.“

Rahel blickte zu Boden.

„Das tut mir auch leid. Ich meine, das mit den Sorgen.“

„Schon gut, Schatz. Das gehört zum Leben dazu, dass Eltern sich Sorgen um ihre Kinder machen. Da müssen wir alle durch.“

Sie drückte Rahel noch einmal.

„Und ich weiß auch, dass es nicht leicht für euch war, Dortmund zu verlassen und in dieses kleine Dorf zu ziehen. Das ist eine große Umstellung, und ich bin stolz auf euch, wie gut ihr das geschafft habt. Ja, Rahel, ich bin so dankbar für meine tollen Kinder", lächelte sie.

Rahel fühlte sich leicht und frei. Offenbar war das Strahlen in ihren Augen ansteckend. Denn auch ihrer Mutter konnte man nun die Freude deutlich ansehen.

„Und jetzt lauf schnell zu deinen neuen Freunden! Du willst Sophia doch nicht noch länger alleine gegen die Jungs spielen lassen, oder?"

Rahel sprang auf und ging zur Tür.

„Ganz bestimmt nicht. Ich helfe ihr beim Gewinnen", sagte sie und lief aus dem Zimmer.

DER FALL WERNER

„Die Loser der Liga, HSV, die Loser der Liga, HSV! Drei zu eins, drei zu eins, drei zu eins“, sang die Männerstimme auf dem Flur.

Silas ging zur Tür und öffnete.

„Hi, Anton! Du bist offenbar bester Laune!“, begrüßte er seinen Onkel.

„D... Drei eins! Hab ich doch gesagt, Rahel, haste gehört?“, freute sich Anton Schmickler über den Sieg seiner Mannschaft und ging an Silas vorbei, als sei er Luft.

Rahel hob den Daumen.

„Fabelhaft! Das freut mich für dich und deine Borussia!“, sagte sie.

„Herzlichen Glückwunsch!“, gratulierte auch Ronny. „Wir haben auch drei eins gewonnen.“

„A... Auch gegen die Han... Hanseaten?!“, fragte Anton. „Hanseaten heißen die.“

„Nein, gegen uns!“, lachte Sophia gutmütig. „Im Tischkicker.“

„R... Reus spielt auch Tischkicker!“, murmelte Anton. „U... Und der is tätowiert.“

„Sei euch gegönnt“, sagte Rahel in Ronnys Richtung.

„Wo ist denn Opa?“, fragte Silas und guckte sich auf dem Flur um. „Schon im Bett?“

„N... Nein, d... der trifft sich noch mit Werner“, erklärte Anton.

„Mit Werner? Warum das?“

„W... Weiß ich doch nicht. Drei eins, sag ich nur.“

„Vielleicht will er mit ihm über den Vormittag in der Arche sprechen und warum er so plötzlich wegmusste?“, überlegte Sophia laut. „Obwohl ... das hätte man ja auch am Telefon besprechen können.“

„D... Die sind essen!“, fiel es Onkel Anton noch ein.

Silas wurde es plötzlich heiß.

„Hoffentlich erzählt Opa ihm nicht, was wir über ihn gedacht haben!“, sagte er.

„D... Dass er ein Verbrecher ist?“, brachte es sein Onkel auf den Punkt. „Ver... Verbrecher“, lachte er, obwohl Lachen fehl am Platz war.

„Das wollte ich ihm eigentlich selbst sagen“, gab Rahel zerknirscht zu.

Auf einmal kam ihr ihre Theorie komplett lächerlich vor. Werner erschien ihr plötzlich in einem ganz neuen Licht. Er war ein prima Pastor, mit einigen zugegebenermaßen seltsamen Fähigkeiten. Aber sicher gab es für das alles einen logischen und vernünftigen Grund. Wenn sie *mit* Werner sprachen statt *über* ihn, dann würde er bestimmt alles erklären können.

„Es tut mir wirklich leid, dass ich so über ihn gedacht habe. Und ... ich freue mich echt auf den Teenkreis. Ich werde mich bei ihm entschuldigen“, verkündete sie.

„Kommt gar nicht infrage“, meldete sich Ronny bestimmt. „Hey, ich habe dasselbe gedacht wie du“, sagte er, bevor Rahel sich aufregen konnte. „Also habe ich auch etwas gutzumachen.“

„Und ich ... “, Sophia legte den Arm um ihre Freundin, „habe es zumindest für möglich gehalten.

„Stimmt, ich auch“, gab Silas zu. „Wenn auch nur wegen der Windpockennarbe“, grinste er. „Aber die müssen ja nicht unbedingt alle so aussehen wie die auf Tabeas Stirn ...“

„Also reden wir alle fünf mit Werner“, entschied Ronny. „Je schneller, desto besser.“

„I... Ich will lieber Wasserbus fahren“, verlangte Anton.

Silas lachte.

„Das schaffen wir *bestimmt* beides“, versprach er. „Der Tag morgen ist voll, und dann steht uns noch die Rückfahrt bevor. Ich schlage vor, wir treffen Werner erst Sonntag in Burgenach. Ich glaube, er fährt auch morgen zurück.“

Rahel stimmte zu.

„Danke“, sagte sie dann. „Das ist echt nett von euch. Aber ich rufe ihn nachher gleich an und mache einen Termin mit ihm aus. Das bin ich euch schuldig. Und wir schließen unseren Handtaschen-Fall jetzt ab.“

Sie angelte den Ordner mit den bisher gelösten Fällen der Detektei aus dem Schrank.

„In Ordnung.“

Sophia ließ sich neben Rahel plumpsen und reichte ihr das Stifte-Etui. Silas' Schwester schlug den Ordner auf. Der aktuelle Fall war obenauf geheftet. *Der Fall Werner* stand immer noch auf dem Deckblatt. Entschlossen nahm Rahel den dicken schwarzen Filzstift und strich den Namen in der Überschrift durch. *Der Fall Hamburg* schrieb sie stattdessen auf den Hefter. Dann griff sie nach dem Rotstift und malte ein *ERLEDIGT* dazu. Erst danach blätterte sie die Akte auf und schaute nachdenklich auf den Zeitungsartikel aus dem Hamburger Abendblatt. Der Kronzeuge schien sie anzugucken, und sie fragte sich, wie er sich wohl fühlte nach solch einem Tag. Ob er Angst hatte?

„Das Einzige, das ich noch nicht verstehe, ist, warum euer Onkel behauptet hat, den Typen zu kennen", meinte Ronny.

„Auch Anton kann mal irren", sagte Silas und drehte den Ordner so, dass er auch einen Blick auf das Foto werfen konnte. „Niemand ist unfehlbar."

„G... Genau", sagte Onkel Anton. „Nur der P... Papst. Der Papst ist unfehlbar und der Haaland, d... der Stürmer von Dortmund. D... D... Der verfehlt nie."

Alle mussten lachen. Und es war sehr gut, dass Onkel Anton sich so sehr über den Sieg seiner Mannschaft freute, dass er keinen Wert darauf legte, recht zu behalten.

„Du siehst müde aus."

Mit diesen Worten trat Peter Schmickler an den kleinen Tisch im Brauhaus, den Werner für ein gemeinsames Abendessen zu zweit reserviert hatte. Der Pastor der SEGE hob den Kopf und hörte auf, auf die Tischplatte zu starren. Sein Gesicht hellte sich etwas auf.

„Hallo, Pit!", grüßte er seinen Freund. „Ja, ich bin wirklich müde. Und ich habe Kopfschmerzen. Es war ein anstrengender Tag."

Werner gähnte hinter vorgehaltener Hand. Opa zog den Stuhl zurück und setzte sich. Auch er sehnte sich nach seinem Bett.

„Ich bin dankbar, dass Anton und Rahel nichts passiert ist."

„Ach, richtig, entschuldige Pit, ich habe vergessen, wie aufregend es heute für euch war."

„Aufregend, ja. Aber auch sehr erfreulich, oder? Ich habe die Ausführungen von John zum Thema ‚Gesunde Liebe' sehr genossen. Jedenfalls den ersten Teil."

„Oh, der zweite war auch sehr gut. Genauso strukturiert und schlüssig argumentiert. Seine Art zu sprechen empfinde ich als sehr angenehm. Er drückt sich klar und deutlich aus und schweift nicht ab."

„Ja, das stimmt. Auch die Einführung von Pastor Schmidt hat mir gefallen", sagte Opa.

„Meinst du, das mit dem Kontrabass war Teil des Programms?", fragte Werner lächelnd.

„Wenn das seine eigene Idee war, dann ist der Pastor ein ziemlich guter ... Schauspieler", antwortete Opa und machte vor dem Wort *Schauspieler* eine kleine Pause.

Werners Lächeln verschwand.

„Sehr sympathisch, diese Vera Müller, oder?", fragte Herr Schmickler wie nebenbei.

Werner nickte.

„Ja, aber ich habe sie genauso wie du erst heute kennengelernt. Ich kann nicht viel über sie sagen. Sie stammt aus Süddeutschland, oder?"

Er fuhr sich mit der rechten Hand über die Glatze. Opa sah ihn nachdenklich an.

„Sie machte einen aufrichtigen Eindruck", sagte er langsam.

Werner räusperte sich.

„Ja, das finde ich auch", sagte er.

In diesem Moment klingelte sein Telefon.

„Entschuldige bitte, Pit." Werner zog das Handy aus der rechten Hosentasche. „Es ist Rahel", sagte er überrascht, nachdem er auf das Display geguckt hatte.

Opa hob die Augenbrauen.

„Ja?! Werner?!", sagte Werner und lauschte eine Weile. „Sicher", meinte er dann ernst. „Wie wäre es Sonntag direkt nach dem Gottesdienst? Wir könnten alle zusammen grillen, falls das Wetter gut genug ist."

Es folgte wieder eine kurze Pause.

„Ja, prima. Danke! Dann bis übermorgen", verabschiedete Werner sich. „Sie wünscht uns guten Appetit!", sagte er, steckte das Handy zurück und griff nach der Speisekarte. Peter Schmickler beobachtete ihn.

„Hast du dein Handy immer in der rechten Hosentasche?", fragte er.

„Ja, weil in der linken mein Portemonnaie ist. Das ist so eine Macke von mir. Warum fragst du?", wunderte sich Werner.

Ohne sofort zu antworten, nahm sich der ehemalige Polizist die andere Karte und schlug sie auf, während Werner dem Kellner mit der rechten Hand winkte. Peter Schmickler erinnerte sich sehr genau daran, dass der Mann in der Arche, der ihm heute Mittag nachgewinkt hatte, die linke Hand dafür benutzt hatte, obwohl die rechte frei gewesen wäre. Und sein Handy hatte sich in der linken Hosentasche befunden. Plötzlich war der letzte Zweifel ausgeräumt, und die Wahrheit stand ihm glasklar und im wahrsten Sinne des Wortes ungeschminkt vor Augen. Die Kinder hatten mit ihrer unglaublichen Vermutung tatsächlich recht gehabt! Anton hatte sich nicht vertan. Er kannte den Kronzeugen tatsächlich, denn Axel Assenmacher und Werner Schrober waren ein und dieselbe Person! Aber selbst Anton glaubte nun, sich geirrt zu haben, weil er, Peter Schmickler, den Pastor während der Konferenz gesehen und das auch so bezeugt hatte.

Nur dass es nicht wirklich sein Freund gewesen sein konnte, der sich die ganze Zeit in der Arche-Gemeinde befunden hatte! Die Kollegen vom Zeugenschutz mussten ihn kurz vor Beginn, aber erst nachdem er Werner schon persönlich gesprochen hatte, durch ein Double ausgetauscht haben. Und sie waren dabei höchst geschickt vorgegangen! Bis zum Schluss hatte er nichts gemerkt, weil sie ihn von Werners Doppelgänger ferngehalten hatten. Erst der Mann mit dem Kaffee, dann der dicke Mann, der ihn in Richtung Toilette geschickt hatte, obwohl Werner gar nicht dort gewesen war,

LESEN FÜRS LEBEN

Matthias Mross

Das Geheimnis der Planeten

Johannes Kepler – sein Leben und Forschen

Johannes Kepler wird oft in einem Atemzug mit Galilei, Newton oder Einstein genannt. Seine wissenschaftlichen Höchstleistungen schufen die mathematische Grundlage zum Verständnis der Planeten und ihrer Zusammenhänge (Planetengesetze). In diesem Buch wird auf einfache Weise Keplers Leben dargestellt, viele Begebenheiten werden interessant geschildert und eignen sich auch als Ergänzung zum Unterricht in Mathematik, Physik, Geschichte und Religion.

Schüler (ab 12 Jahren)

Tb., 160 S., 11 x 18 cm
Best.-Nr. 271819
€ (D) 7,90

ja, zuletzt sogar die sympathische Frau Müller ...! Wer weiß, wen sie sonst noch alles aus dem Hut gezaubert hätten, wenn nicht die Davidwache angerufen hätte? Er selbst, Peter Schmickler, war nun das wasserdichte Alibi, das Werner Schrober nötig gehabt hatte. Wirklich brillant! Und lebenswichtig für Werner, überlebenswichtig ...

Der Pastor der SEGE wartete immer noch auf eine Antwort seines Freundes. Er war kreidebleich geworden, als könnte er Gedanken lesen. Kleine Schweißtropfen bildeten sich auf seiner Stirn. Nervös knetete er seine Finger.

„Du weißt Bescheid, oder?", fragte er leise, kurz bevor der Kellner an den Tisch trat.

„Ich nehme ein Alsterwasser", bestellte Opa.

„Für mich dasselbe", bat Werner.

„Sehr gern", sagte der Kellner und tippte etwas in seinen kleinen Computer. „Was Sie essen wollen, wissen Sie noch nicht?"

„Nein, wir brauchen noch etwas Zeit", sagte Opa freundlich.

Als der Kellner wieder verschwunden war und Peter Schmickler immer noch schwieg, lächelte Werner traurig.

„Das hätte ich mir denken können", sagte er leise. „Vor dir kann man keine Geheimnisse haben, Pit. Jedenfalls nicht solche. Dafür warst du wohl zu lange im Geschäft."

Doch Peter Schmickler hatte seine Entscheidung getroffen. Dafür hatte er nicht lange nachdenken müssen. Er würde auf gar keinen Fall Werners Leben gefährden. Mit keinem Sterbenswörtchen!

„Wovon sprichst du, Werner?", fragte er. „Soweit ich gesehen habe, hat ein wunderbarer Pastor namens Werner Schrober heute den ganzen Vormittag in der Arche bei den Vorträgen von unserem geschätzten John Piper verbracht. Und wie ich vermute, hat er auch noch ein fabelhaftes

Rindergulasch zum Mittagessen genossen. Jedenfalls, wenn es so gut geschmeckt hat, wie es gerochen hat."

Opa machte eine kurze Pause, weil der Kellner die gewünschten Getränke brachte. Erst als er sich anderen Gästen widmete und weit genug entfernt war, sprach er weiter.

„Genau das habe ich auch unserer Detektei Anton bestätigt. Und ... ", Herr Schmickler beugte sich etwas vor und senkte die Stimme, „... was einen gewissen Axel Assenmacher betrifft, den ich übrigens sehr für seinen Mut bewundere und der heute wohl einen hervorragenden Job gemacht hat, so weiß ich aus zuverlässiger Quelle, dass er verstorben ist."

Werner guckte überrascht, doch Opa nickte.

„Jawohl, verstorben. Ich weiß zwar nicht genau, wo und wann, aber dass er tot ist, das ist gewiss. Denn wenn Jesus für alle gestorben ist, so sind sie alle gestorben", zitierte Opa. „Und wenn jemand in Christus ist, so ist er eine neue Schöpfung; das Alte ist vergangen; siehe ..."

„... es ist alles neu geworden", fiel Werner kaum hörbar mit ein.

Jetzt verstand er, wovon Pit Schmickler sprach.

„Ja, Pit. Jesus Christus ist für Axel Assenmacher gestorben, und damit ist Herr Assenmacher gestorben, zumindest in Gottes Augen."

„Eben, Werner, und weißt du, wenn selbst Gott das so sieht ..." Opa sah seinem Freund offen ins Gesicht und räusperte sich. „Wer bin ich, dass ich das anzweifeln wollte?"

Der Pastor brachte kein Wort mehr hervor. Stumm griff er nach der Hand seines Freundes und drückte sie kräftig. Opa erwiderte den Händedruck. Dann hob er sein Bierglas.

„Auf Hamburg, eine wunderbare Stadt mit wunderbaren Menschen!"

„Auf Hamburg, die schönste Stadt der Welt", sagte Werner und stieß mit Opa an. „Und auf ein neues Leben in Freiheit!"

„Prost und Hummel, Hummel oder so ähnlich", sagte Opa. „Laut Reiseführer soll das hier so eine Art Schlachtruf sein."

„Ach, wirklich?", schmunzelte Werner und dachte sich die Antwort des echten Hamburgers nur. Denn schließlich war sein altes Ich Axel Assenmacher vor ein paar Jahren auf einer feuchten Bank in St. Pauli gestorben. Und nur dieses alte Ich hätte jetzt „Mors, mors"* gesagt, und sich damit als wahrer Hamburger zu erkennen gegeben. Allerdings auch nur außerhalb Hamburgs, wie alle echten Norddeutschen natürlich wissen ...

SONNTAGS IN BURGENACH

„Hallo", sagte Werner, öffnete die Tür zu seinem Haus in Burgenach weit und begrüßte alle per Handschlag. „Herzlich willkommen! Na, wie war gestern das Konzert eurer Mutter?"

„Wirklich schön!", sagte Rahel. „Ich fand es prima."

Die anderen nickten zustimmend.

„Klasse gesungen und lustig", meinte Silas. „Mama hat wie immer kurz vorher noch vier Bananen und drei Schinkenbrötchen verdrückt. Ich würde keinen Pieps mehr aus meiner Klarinette herausbekommen. Aber bei Mama hilft es gegen das Lampenfieber."

„Wir waren nur etwas spät zu Hause", gähnte Rahel. „Um zwei Uhr nachts."

„Ach, deswegen war nur euer Opa im Gottesdienst."

Werner drehte sich um und ging voraus ins Wohnzimmer.

„Ja, Opa ist da brutal diszipliniert", sagte Silas anerkennend. „Onkel Anton lässt dich grüßen, er macht heute einen Ausflug mit der Lebenshilfe in den Kölner Zoo."

„Danke, Silas, und liebe Grüße zurück. Setzt euch." Mit der Rechten wies ihr Gastgeber einladend auf die Sessel und das Sofa.

Es war ein warmer Herbstnachmittag. Werner zog seine Strickjacke aus und hängte sie über eine Stuhllehne am Esstisch. Zum ersten Mal sahen die Teenies den Pastor der SEGE in einem kurzärmeligen T-Shirt. Trotzdem war nur sein linker Unterarm zu sehen, denn der Ellbogen war verbunden, und der Verband reichte bis unter den Ärmel.

Rahels und Ronnys Blick fiel sofort auf die freie Haut, die nicht gleichmäßig gefärbt war. Große Partien sahen wie gebleicht aus und waren auch etwas erhaben, wie eine leicht geschwollene Narbe. Niemand brauchte viel Fantasie, um zu erkennen, dass es die Überreste eines professionell entfernten Tattoos waren. Sophia interessierte sich allerdings mehr für die Inneneinrichtung der Wohnung, und Silas guckte Werner ins Gesicht. Trotzdem kam Werner von selbst sofort auf das Thema zu sprechen, als sie sich alle auf den großen Sofas niedergelassen hatten. Er war als Einziger stehen geblieben.

„Ich lasse mir ein altes Tattoo wegmachen“, sagte er und zeigte auf seinen linken Arm. „Das geht leider nur Stück für Stück.“

„Blutet das?!“, fragte Sophia erschrocken und mitfühlend. Sie hatte keine Ahnung von Tattoos und starrte jetzt doch auf den Verband, als würde er sich im nächsten Augenblick rot färben. Werner lachte leise.

„Nein, Sophia. Jedenfalls nicht, wenn es ein guter Hautarzt macht. Er oder in meinem Fall sie, die Hautärztin in Burgenach, benutzt einen speziellen Laser. Damit werden die Farbpigmente unter der Haut in winzige Stückchen zerschossen. Das Lymphsystem meines Körpers transportiert sie dann langsam ab. Das tut zwar etwas weh, in etwa so wie heiße Fettspritzer auf der Haut, aber es blutet nicht.“

„Warum ist es dann verbunden?“, fragte Rahel und wurde rot.

„Das Bild gefällt mir nicht mehr, und ich möchte nicht, dass jemand anders es sieht“, gab Werner unumwunden zu. „Leider verschwindet die Tätowierung nicht auf einmal, sondern sie verblasst erst nach und nach. Es braucht seine Zeit, wie so manches im Leben.“ Werner stellte Cola, Orangensaft und Wasser auf den kleinen Couchtisch. „Und außerdem reagiert meine Haut sehr empfindlich auf die Behandlung. Also habe ich eine Salbe mit beruhigender Wirkung verschrieben bekommen. Sie wirkt länger und besser, wenn die Stelle verbunden ist.“

„Ist so was teuer?“, fragte Ronny.

Werner nickte.

„Ja, das ist der Grund, warum ich es nur schrittweise weglasern lasse. Die Entfernung bezahlt man nach Quadratzentimetern, und die Krankenkasse übernimmt die Kosten nicht. Logisch, so ein Tattoo ist ja auch keine Krankheit, sondern eine Entscheidung.“

„Darf ich dir noch eine Frage dazu stellen?“, fragte Rahel ungewohnt schüchtern.

Es war ein neues Gefühl, aber sie wollte Werner nicht wehtun.

„Aber sicher. Schieß los. Ich hoffe nur, du willst dir nicht selbst eins stechen lassen.“

„Nein“, grinste Rahel, und Silas atmete erleichtert auf.

Man konnte nie sicher sein, auf was für Ideen Rahel kam.

„Warum hast du es überhaupt?“, fragte Rahel.

„Das Tattoo?“

Werner überlegte kurz.

„Das ist eine lange Geschichte“, sagte er dann. „Es stammt aus einer Zeit, lange bevor ich zum Glauben an Jesus Christus fand.“

Der Pastor setzte sich jetzt auch und lehnte sich gemütlich zurück.

„Wisst ihr, ich wuchs in einer Familie von Zweiradmechanikern auf. Meine Eltern waren selbstständig, sie führten ein kleines Geschäft mit Fahrrädern, das sie von meinem Opa übernommen hatten. Schon bevor ich selbst eins fahren durfte, begann ich, mich für die motorisierten Zweiräder zu begeistern."

„Ach, deswegen kennst du dich so gut mit Motorrädern aus!", sagte Silas und blickte Rahel triumphierend an. Na bitte, es ließ sich alles logisch erklären!

„Ja", fuhr Werner fort. „Die Schnelligkeit hatte es mir angetan. Und obwohl Motorradfahrer natürlich nicht per se schlechtere Menschen sind als Fußgänger, Fahrradfahrer oder Autofahrer, geriet ich leider an die falschen Freunde. Ich ahmte sie nach, um dazuzugehören, und als meine Eltern kurz hintereinander und viel zu früh starben, wurden sie meine Familie."

„Das tut mir leid", sagte Silas.

„Du warst ein Einzelkind wie ich", stellte Sophia fest.

Es musste schrecklich sein, beide Eltern zu verlieren und noch nicht einmal Geschwister zu haben. Werner nickte ihr freundlich zu.

„Doch diese Familie übte leider keinen guten Einfluss auf mich aus", sagte er dann. „Die Grenzen zwischen Gut und Böse verschwammen bei ihnen. Heute weiß ich natürlich, dass ich nur nicht allein sein wollte und außerdem wütend auf Gott war, aber damals dachte ich, ich müsste nur so hart und cool sein wie sie, dann wäre das ganze Leben ein Spaß. Nun, und sie trugen alle eine Tätowierung. Je grausamer und hässlicher, desto bester. Damals fand ich das schön. Ich fühlte mich stark und sicher und erwachsen damit. Niemand sollte sehen, wie es mir wirklich ging."

Die Teenies hörten aufmerksam zu. Na bitte, so ein Tattoo war wohl unter Bikern gar nicht so selten!

„Aber unsere Ansichten ändern sich, wenn Gott uns verändert“, schloss Werner, „und deshalb trenne ich mich stückweise von meiner harten Schale. Ich brauche sie schon lange nicht mehr.“

Er schmunzelte, doch seine Hand zitterte ein wenig, als er nach seinem Glas griff.

„Warum hast du dann heute Angst vor Motorrädern?“, fragte Rahel.

„Gut beobachtet, Miss Holmes“, grinste Werner.

Er wusste genau, wovon Rahel sprach.

„Es ist nicht wirklich so, dass ich Angst habe. Nur wenn sie plötzlich um die Ecke kommen, wie bei unserem Gemeindeausflug, dann kann man schon mal zusammenzucken, meint ihr nicht?“

„Klar“, meinte Ronny.

„Auf jeden Fall“, sagte Silas.

Beide Jungs nickten zustimmend.

„Und außerdem erinnern mich ganze Biker-Horden an die schlimmste Zeit in meinem Leben. Die Motorradgang konnte meine Eltern nicht ersetzen, und ich war schrecklich allein.“

„Das kann ich voll verstehen“, seufzte Sophia.

Es klang, als hätte sie selbst die gleiche Erfahrung mit Bikern wie Werner. Ronny versuchte, sich das zierliche Mädchen in schwarzer Motorradkluft und auf einer großen Maschine vorzustellen. Doch das Bild blieb verschwommen.

„Werner, wir wollten uns bei dir entschuldigen, dass wir dich falsch verdächtigt haben“, eröffnete Silas nun den unangenehmen Teil des Besuchs.

Er hatte das Bedürfnis, es vor dem Grillen hinter sich zu bringen.

„Ich war am meisten davon überzeugt“, übernahm Rahel. „Wir haben gedacht ... äh, ich habe gedacht, dass du ... “, druckste sie herum.

„Rahel und ich haben dich für diesen Kronzeugen in dem Prozess gegen die Hamburger Bikergang gehalten", half Ronny ihr.

„Ehrlich gesagt, am Anfang haben wir dich sogar für den Mörder gehalten, der immer noch von der Polizei gesucht wird, und sind auch eigentlich nur deswegen nach Hamburg mitgefahren. Ich habe mir eingebildet, wir könnten dich irgendwie überführen. Es tut mir total leid", sagte Rahel.

„Uns anderen auch", ergänzte Sophia.

„Oha", machte Werner. „Dass es so schlimm ist, hatte ich nicht geahnt."

Es gelang ihm, überrascht zu wirken, und er hoffte, dass niemand hören konnte, wie sein Herz raste. Es schien den ganzen Brustkorb auszufüllen, und sein Puls pochte in den Schläfen.

„Das war echt ziemlich dumm von uns", meinte Silas.

„Nein, nein. Das denke ich nicht", widersprach Werner. „Selber denken ist in Ordnung, Silas. Das nehme ich euch nicht übel. Ich habe mich wahrscheinlich manchmal so seltsam benommen, dass ich selbst mir gegenüber auch misstrauisch geworden wäre. Ehrlich gesagt, hätte ich mich auch verdächtigt. Nicht jeder Pastor ist tätowiert und kann mit Werkzeug umgehen."

„Oder einem das Schlösserknacken beibringen", lachte Rahel.

„So war es nicht, Rahel", mahnte Werner und tat entrüstet.

„Du bist in Ordnung", sagte Sophia. „Wir kommen weiter gerne zum Teenkreis, wenn wir noch dürfen."

„Und ich würde auch ab und zu dazustoßen, wenn das okay ist", meinte Ronny leise. „Ich meine, obwohl ich sonntags nicht zum Gottesdienst komme."

„Aber natürlich ist das okay, Ronny!", freute sich Werner und musste kurz schlucken. „Euer Vertrauen ehrt mich sehr.

Ich ... “, er räusperte sich, „ich bin wirklich glücklich darüber. Sogar sehr glücklich. Es freut mich, die ganze Detektei Anton in meinem Team zu haben.“

Und das war die Wahrheit. Die reine und volle Wahrheit und nichts als die Wahrheit.

NACHWORT

Liebe Jungen und Mädchen,

Hamburg ist die schönste Stadt der Welt! Das behaupten zumindest die Hamburger. Doch ich muss zugeben, dass ich mich bei den Recherchen in der Hansestadt tatsächlich mehr als wohlgefühlt habe. Sicher lag das auch an all den lieben Menschen, die ich dort kennenlernen durfte, und an meiner gastfreundlichen Verwandtschaft. Einen Teil unserer Familie hat es nämlich vor siebzig Jahren in den echten Norden verschlagen. Ich durfte bei ihnen wohnen und mich mit Krabbensalat und Fisch verwöhnen lassen. Das Wetter war jedenfalls besser als erwartet, auch wenn der Regenschirm bei einer Hamburg-Reise auf jeden Fall ins Handgepäck gehört. Eigentlich hatte ich mich bereits per Google in die Hansestadt verliebt und das nicht nur, weil ich Franzbrötchen sehr gerne mag. Es gibt einfach unheimlich viel zu sehen, und alles ist zu Fuß oder mit der S-Bahn zu erreichen. Die Speicherstadt habe ich dreimal zu Fuß umrundet. Ihr Herzstück, das Teekontor, ist mein absoluter Lieblingsort geworden. Vielleicht, weil ich dort ganz gemütlich im Trockenen das beste Schoko-Birnen-Törtchen meines Lebens gegessen und einen fantastischen Tee getrunken habe, während es draußen wie aus Eimern schüttete. Ronny hat allerdings recht, es ist nicht ganz billig. Bei den beiden erwähnten Polizeikommissariaten habe ich mit Erlaubnis der Pressestelle kurz vorbeigeschaut, die gewünschten Auskünfte erhalten und anschließend die Polizeiszenen mehrfach umgeschrieben. Am Hanseatischen Oberlandesgericht bekam ich netterweise eine Privatführung und durfte bei einem Strafprozess auf einer der Zuhörerbänke sitzen, während ein Zeuge vernommen wurde. Ich fand es ganz und gar nicht langweilig. Mein Taschenmesser musste ich allerdings vorher abgeben. Ja, das ist peinlich, aber ich war genauso schusselig wie Silas ...

Schließlich war ich an einem nassen Sonntag im September sogar in der großen Arche-Gemeinde und habe die sehr gute Predigt von Pastor Christian Wegert genossen. Ein junger Hamburger Polizist, der zufällig Benni heißt, hat mir zwischen den Gottesdiensten dort im Speisesaal ein hilfreiches Interview gegeben. Vielleicht verkaufen sie jetzt sogar die „Detektei-Anton"-Reihe in ihrer Kirchen-Buchhandlung. Jedenfalls habe ich ein Probeexemplar dort gelassen.

Ein Wort noch an die Fußball-Fans, die genauso gut Bescheid wissen wie Onkel Anton: Selbstverständlich weiß auch ich, dass der HSV im Moment nicht mehr in der Bundesliga spielt. Aber Papier ist geduldig, und die Hoffnung stirbt bekanntlich zuletzt. ☺

Ich wiederhole es gerne: Hamburg ist nicht nur interessant, lecker und besonders schön, sondern auch die zweitgrößte Stadt Deutschlands. Trotzdem habe ich mich sicher gefühlt. Das ist nicht selbstverständlich, denn in einer Großstadt leben mehr Menschen und damit auch mehr Kriminelle als in einem Dorf wie Brehl. Manche Orte hätte ich sicher nicht allein im Dunkeln oder während eines Festivals aufgesucht. Auch wenn die Motorradbande mit dem schrecklichen Namen nur meiner Fantasie entsprungen ist. Die Rocker selbst und der spektakuläre Mordprozess sind leider Tatsachen. Ich brauchte sie mir nur aus unserer deutschen Hauptstadt auszuleihen. Die erwähnte Schießerei in einem Wettbüro gab es wirklich und auch den Kronzeugen, der gegen seine ehemaligen Kumpel ausgesagt hat. Auch in Deutschland leben Hunderte Menschen, die im Zeugenschutzprogramm sind und ihre Identität wechseln mussten. Es gibt sogar ein Gesetz, das den Schutz gefährdeter Zeugen regelt. Die Geschichte rund um Werner ist trotzdem nur ausgedacht.

Moment! Eigentlich stimmt das nicht so ganz, denn ich kenne tatsächlich einen Pastor, der Werner heißt und mir als Vorbild für unseren Herrn Schrober gedient hat. Allerdings hat er, soweit ich weiß, eine ganz unspektakuläre Vergangenheit. Er war weder ein Rocker, noch trägt er irgendwelche Tattoos oder hat im Gefängnis gesessen und am Zeugenschutzprogramm teilgenommen. Aber genau wie Silas und Rahel ist er ein Sünder, der zu Jesus Christus gefunden hat. Seine größte Leidenschaft ist es, anderen Menschen vom Evangelium zu erzählen und ihnen zur Seite zu stehen. Deswegen ist er auch Pastor geworden. Pastor heißt auf Deutsch Hirte, und seine Schäfchen sind sehr froh, dass sie ihn haben. Auch mein Mann und ich freuen uns, dass wir ihn kennenlernen durften, und wir wünschen ihm für seine Zukunft Gottes Segen!

Das wünsche ich euch und der Detektei natürlich auch. Hoffen wir, dass die Kinder niemals in gefährlichere Gegenden als das schöne Hamburg geraten. Wie zum Beispiel nach San Francisco oder womöglich nach Ciudad Juarez, das im Norden Mexikos liegt. Zumindest in der letzten Stadt habe ich wirklich Angst gehabt, obwohl ich nur mit Einheimischen und lieben Freunden unterwegs war. Aber wie sollen unsere Detektive auch nach Mittelamerika kommen? Das ist ziemlich unwahrscheinlich, oder?

Eure Petra Schwarzkopf

KLEINE ÜBERSETZUNGSHILFE

Seite 107:
Ja, das ist unser berühmtes Schietwedder. Aber das gehört nun mal zu Hamburg wie der Michel und die Reeperbahn. Aber keine Angst, das gibt sich bald. Hier ändert sich das Wetter alle fünf Minuten.

Seite 108:
Darf ich Ihnen noch etwas bringen? Einen Kaffee zum Beispiel?
Einen Kaffee und die Rechnung, sehr gern.
Ihr Kaffee, mein Herr.

Seite 110:
Die Nena war übrigens auch schon hier. Genau an diesem Tisch hat sie gesessen.

Seite 179:
Was dieser Hamburger Gruß bedeutet, findet ihr als echte Detektive bestimmt leicht selbst heraus. ☺ Also, macht euch an die Arbeit ...

So begann das Abenteuer:

Detektei Anton –
Ausgerechnet Bananen
Band 1
Gb., 208 S., 13,5 x 20,5 cm
Best.-Nr. 271720
ISBN 978-3-86353-720-3

Detektei Anton –
Die Dame aus Burundi
Band 2
Gb., 192 S., 13,5 x 20,5 cm
Best.-Nr. 271764
ISBN 978-3-86353-764-7

Detektei Anton –
Bombenstimmung
Band 3
Gb., 208 S., 13,5 x 20,5 cm
Best.-Nr. 271766
ISBN 978-3-86353-766-1